SHY NOVELS

騎士の誓い

夜光花

イラスト 奈良千春

CONTENTS

騎士の誓い

1 運命の日 The Fateful Day

その人を初めて見たのは、神の子のお披露目の儀式だった。

騎士団第一部隊の隊長であるランスロットは、神の子と呼ばれる特別な存在を先導する役目を仰せつかった。キャメロット王国において神の子とは唯一無二の存在であり、この国にかけられた呪いを解く重要な人物だ。ランスロットも神の子に関する話は、嫌というほど小さい頃から聞かされていた。

神の子は物心つく前から神殿で暮らしていて、会ったことがあるのは神官の中でも限られたごく一部の人間のみだ。噂では不思議な力を使い、人の病や怪我《けが》を治すとか、神々しい佇《たたず》まいの方だと聞いている。ランスロットは噂を鵜呑《うの》みにしていなかったが、実際目《ま》の当《あ》たりにした神の子は端麗な顔立ちの凛《りん》とした美しさを秘めた少年だった。

「おお、あれが……」

神の子が人前に姿を現した瞬間、騎士団から感嘆の声が漏れた。黒髪に白い肌、整った面立ち、ほっそりとした身体にヴェールをつけた白い衣装を着ており、歩くたびに人々の視線を奪っていた。

神の子は樹里《じゅり》と名乗り、その日以来、キャメロット王国に一陣の風を吹かせることになった。

この国にかけられた魔女モルガンの呪いは、キャメロットに生まれた者は国境を越えられないというものだ。一歩でも国境を越えたとたん、見えない壁に阻まれ命を落とす。モルガンはキャメロット王国の民を籠《かご》の鳥にした。呪いを解く方法はひとつ、神の子が王の子を産むことだ。歴代の王と神の子が何代にもわたって呪いを打ち破るため、真の愛を結ぼうとしたが叶わずにいた。

樹里は——違った。

ランスロットが敬愛するこの国の第一王子であるアーサーと結ばれ、真の愛を得た。樹里のお腹《なか》には子が宿り、この国の民は熱狂して喜んだ。

アーサーの忠実な家臣であるランスロットは——己の想いに蓋《ふた》をして、樹里とアーサーを祝った。

最初に樹里に惹《ひ》かれたのはどの瞬間だっただろう？　好ましい人物という思いは最初からあったが、それが恋情に変わったのは、……ランスロットが魔術師マーリンの術にかかった時だ。その術のせいでランスロットは樹里を殺しかけたが、樹里の機転によってそれは回避された。意識を取り戻したランスロットは己の弱さと情けなさに死を選ぼうとした。けれど樹里はランスロットを許した。騎士としてあるまじき行為をした自分に、微笑みかけたのだ。

樹里の人としての器の大きさに感銘を受けたランスロットは、生涯樹里を守ろうと決意した。

樹里が偽物の神の子であると断じられ、処刑されそうになった時も、ランスロットは国を裏切る覚悟で樹里を守った。樹里のためならこの命は惜しくなかった。

それなのに樹里は、ランスロットを拒絶した。

「俺……アーサーが好きなんだよ」

一度だけでもいい、樹里をこの腕に抱きたいと願った際、樹里はそう答えた。あの時の胸の痛みはたとえようもないものだった。残酷な言葉を告げる樹里を組み敷き、二度とそんな言葉が言えないようにしたいとすら思った。国さえも裏切ろうとした自分に、ひどい人だと絶望した。だが、それでもなお樹里を忘れることなどできず、ランスロットはひたすらこの想いに蓋をした。

本心では樹里に自分を愛してほしかったが、騎士としての誓いを思い返し、顔を上げた。

騎士は弱きを守る者。

不屈の精神で王国を守り、慈悲を以《も》って正義を執行する者。

一度はアーサーと剣を交えたランスロットだが、妖精王の助けもあって、樹里は再び神の子として国に戻れたし、ランスロットも騎士の称号を奪われずに騒動は収まった。

樹里とアーサーは真の愛で結ばれることになり、自分の出る幕はもうなかった。諦《あきら》めようと何度も思ったが、心は簡単に動かない。いつかこの気持ちが消えてなくなる日がくるのを静かに待つしかなかった。

恋焦がれた相手は王のものになったが、それを生涯守り続けるという使命は残してくれた。キャメロット王国を守ること、アーサーを守ること、王妃となった樹里を守ること、それらはランスロットにとって生きる指針となったのだ。

その日、アーサーは朝からぴりぴりしていた。時々心ここにあらずといった様子で、虚空を見据えてじっと考え込むことがあった。

訓練を終えた後、ふいに目を見開くと、アーサーは訓練場の近くの木に繋いでいた馬に飛び乗った。

「ランスロット、ついてこい」

アーサーは馬の腹を軽く蹴り、そう言った。ランスロットは即座に傍にいた愛馬に飛び乗り、アーサーを追った。アーサーの金色の髪が風になびく。冬を迎えたキャメロット王国には冷たい風が吹いている。吐息は白く、愛馬の動きもぎこちない。真冬には川も凍りつく寒さになるこの国では、本格的な冬を迎える前に様々な支度がある。アーサーと共に小高い丘を駆けている間、農夫たちが野菜を貯蔵している姿を見かけた。藁《わら》を束ねる者、薪《まき》を切る者、作業をする民がアーサーを見かけて跪《ひざまず》く。アーサーはそれらに軽く手を振った。

「どうなされたのですか？」

丘に上がって馬を止めたアーサーに、ランスロットは問いかけた。アーサーは見事な金髪に深く澄んだ青い目、がっしりした体躯《たいく》の持ち主だ。訓練の後だったので甲冑《かっちゅう》を身にまとい、深い赤のマントを風にはためかせている。馬から下りたランスロットはアーサーの横に立ち、周囲を見渡した。

「待て」

アーサーは真っ白な空を見上げ、ランスロットを手で制した。何事だろうと首をかしげると、ふいにきらりと光るものを空に見つけた。

「……っ」

驚いたことに空を覆っていた厚い雲が割れ、その隙間から神々しい光が差し込んできた。まるで光の梯子《はしご》がかけられたようだ。その上を一角獣に乗った特別な存在が駆けてくる。

「妖精王！」

ランスロットは声を上げ、その場に跪いた。アーサーも同じように膝をつき、頭《こうべ》を垂れる。光の存在が近づくにつれ、辺りが柔らかい光に包まれる。芳《かぐわ》しい花の香りをさせて、妖精王が目の前に迫ってきた。

「アーサー」

妖精王はアーサーの前で一角獣から下りると、威厳を湛《たた》えた声で見下ろした。アーサーが顔を上げると、膝まで伸びた長い髪、白く整った面、荊《いばら》の冠を頭上に戴《いただ》いた妖精王がアーサーを見つめていた。妖精王の瞳は澄んだ湖面の色で、何もかもを見通すようだ。そして声は何重にも聞こえてくる。

「俺を呼んだのはあなただったのですね」

アーサーが確信したように問うた。アーサーには妖精王からの呼びかけが聞こえていたらしい。この国の王たるゆえんだろう。ランスロットは妖精王を見上げ、少し驚いた。妖精王の理知的な瞳が揺らめいていたせいだ。

「お前に危機が迫っている」

妖精王の言葉に、アーサーはサッと青ざめた。ランスロットは息を呑んだ。

「我は人の世界の諍《いさか》いに直接関与ができない。だが、お前を助けたい気持ちはあるのだ。――これを」

妖精王は金色に光るマントを広げた。妖精王の手が後ろに回ったと思った時には、その手には光り輝く剣、エクスカリバーが握られていた。樹里が妖精王に預けたと言っていたものだ。アーサーは驚きと共にその剣を受け取った。

「お前にこれを返そう。必要なものだ」

エクスカリバーはアーサーの手にしっくりと馴染《なじ》んだ。この剣が必要になるということは、モルガンの脅威が迫っていることを意味する――。

「ランスロット」

妖精王はついでランスロットに目をやり、何かを言いかけた。ランスロットは妖精王の言葉を聞き漏らすまいと身を乗り出したが、何故か妖精王は黙り込んだ。

「……身を守るネックレスを持っているな?」

妖精王に聞かれ、ランスロットは胸の辺りを手で触れた。

「はい」

ランスロットが頷くと、妖精王は軽く頭を縦に振った。

「大事にせよ」

妖精王はそう言うなり、再び一角獣に跨《また》って空に還《かえ》っていった。ランスロットはアーサーと共にその姿が消えてなくなるまで膝をついていた。

「アーサー王、危機とは一体……」

ランスロットは妖精王の放った言葉が気になり呟いた。アーサーは唇をぎゅっと噛みしめ、立ち上がる。アーサーは渡された剣を腰に下げ、その剣を鞘《さや》から抜く。光り輝く剣のきらめきに、アーサーの顔が映し出された。

「どんな危機だろうと乗り越えてみせる」

アーサーは己に言い聞かせるように言うと、剣を鞘に収め、馬に乗る。一体、何が起こるというのか——。得体の知れない不安に、ランスロットの顔は自然と強張っていた。


王宮に戻ると遠目からでも妖精王の光が見えたのだろう、臣下や宰相《さいしょう》、従者、樹里が駆け寄ってきた。

「アーサー王、さきほどの光は一体」

アーサーがもっとも信頼する魔術師マーリンが、眉間《みけん》にしわを寄せて言う。マーリンはいつものようにフードのついた黒いマントを羽織っている。その瞳にはどんなささいな兆候も見逃すまいという決意が感じられた。

「案ずるな。妖精王が現れ、俺に剣を返してくれただけだ」

アーサーは魔法の剣を見せて、努めて明るく言った。アーサーは危機が迫っているという話は一切しなかった。アーサーが言わないことを勝手に自分が言うわけにはいかなくて、ランスロットも黙っていた。おそらく臣下を不安にさせたくなかったのだろう。アーサーはどんな困難も自分で切り開くつもりのようだ。

「エクスカリバー……。よかった、返ってきたんだな」

アーサーが剣をしまうと、樹里は安堵したように呟いた。樹里は何枚もの衣服を重ね着していて、そのお腹は大きく膨らんでいる。白い肌にほんのり赤みが差すと触れたくなるような愛らしさがある。ランスロットの好きな明るい笑みを浮かべていて、それが自分に向けられないことに胸が痛んだ。

「二度とその剣を手放さぬよう願います」

マーリンはじろりと樹里を睨《にら》み、釘を刺した。樹里が苦虫を嚙み潰したような顔になる。突然空に現れた光が凶事ではないと知り、臣下たちがホッとしたように散っていく。

アーサーとランスロットはマーリンと宰相のダン・シルバーと執務室に向かった。宰相のダンは白髪の長い髭《ひげ》を蓄えた男で、学者のように理知的な佇まいをしている。先代の王からの宰相なので老いているが、口に出す言葉は理路整然として知性が宿っている。

「では報告を」

執務室にある長椅子にアーサーとランスロット、ダンが座るとマーリンが咳払いして口を開いた。今日はマーリンからある報告を聞くことになっていた。

「村から赤子が数名消えた事件についてです」

マーリンは一際声を落として切り出した。キャメロット王国では最近、生まれたばかりの赤子がさらわれる事件が何件か起こっていた。目撃者の話では犯人は黒いマントを羽織り、見たことのない顔だったという。偵察のために騎士を数名派遣したのだが、誰一人戻ってこない。そのためアーサーはマーリンに調査を依頼したのだ。

「どうやら多くの村から赤子がさらわれているようです。特にコンラッド川沿いにおいて、頻発しております」

マーリンの報告によると、さらっていった男はケルト族だ。

「ケルト族が関わっているのか」

アーサーは眉根を寄せて声を尖《とが》らせた。ケルト族は長い間、キャメロット王国と敵対している戦闘的な部族で、独自の文化や言葉、宗教を持つ。ユーサー王の時代に何度か討伐を試みたが、結局できなかった。

「ケルト族はよそ者を嫌い、部族内で婚姻する風習があります。そのケルト族がよそ者の村から赤子を連れ去るとなると、よほどの事情があるのでしょう」

ランスロットは憂いを帯びた声で言った。

「マーリン、何か心当たりはないのか？」

アーサーは無表情を決め込んでいるマーリンに尋ねた。

「……魔女モルガンは赤子を使って魔力を得ることがありますか」

アーサーと視線を合わせたマーリンは、言いづらそうに答えた。赤子を使って得る魔力がどんなものかは分からないが、おぞましいものだということはマーリンの表情から読み取れた。この国に呪いをかけたモルガンは残虐で非道な魔女だ。祝福されて生まれてきたはずの赤子の運命を想像してか、アーサーが拳を握る。

「おそらくモルガンが関わっているのでしょうが、ケルト族とどう関わっているかまでは分かりません。ここは一つ、素知らぬふりで正式な使者を送ってみてはいかがでしょう」

マーリンの提案にダンが賛成した。アーサーも異論はなく、騎士団第二部隊隊長のバーナードと部下数名が行くことになった。


「ケルト族は、我らに闘いを挑んでいるのか!!」

一カ月後、バーナードから報告を聞いたとたん、アーサーが発した言葉はそれだった。

会議室の円卓には騎士団隊長やダン、マーリン、大神官や有力貴族など、この国の中枢を担《にな》う者が集まっていた。ケルト族に向かわせたバーナードの報告は、あまりにひどいものだった。報告しているバーナードも青ざめた顔で書簡を握りしめている。

ケルト族の返答はこうだった。

神の子を使者として遣わすなら話し合いに応じてもよい——。

「なんと……。樹里様が身重であることを知っての発言か」

ダンは信じられないという表情でバーナードに問《と》い質《ただ》した。バーナードは冷や汗を浮かべ、頷いた。

「私も樹里王妃についてお話ししました。ですが、それでもケルト族の長は頑《かたく》なに言い張りましてございます」

懐妊を知りながら使者として樹里を望むというのは、話し合いに応じる気がないということに他ならない。アーサーが自分の命よりも大事にしている樹里と腹の子どもをケルト族の村へ行かせるわけがない。赤子をさらっていることといい、ケルト族には何か問題が起きているようだ。

(樹里様に何をする気だ……⁉)

ランスロットは苛立たしげに眉根を寄せた。

とたんに、鈍痛が起こる。こめかみの辺りがずきずきと痛み、意識が散漫になる。ランスロットは会議中にも拘《かかわ》らず、顔を手で覆った。

感情が揺れ動くと、頭痛がするようになったのはいつからだろう。数週間前くらいからだったか、たびたび鈍い痛みに襲われるようになった。痛みは去ることなく、ランスロットの集中力を少しずつそいでいく。

「アーサー王、落ち着いて下さい」

頭に血が上っているアーサーにマーリンが声をかける。アーサーはマーリンの言葉に冷静さを取り戻したように深呼吸を繰り返した。

「ケルト族は我らの問いに答える気がない。そういうことだな」

アーサーに皮肉っぽく言われ、バーナードが面目なさそうに頭を下げる。

「ならば、キャメロットの王として、ケルト族を討伐するために動くしかない。我が国から赤子をさらっていった咎《とが》と、王家に対する挑発、どちらも許しがたい。ランスロット」

アーサーに声をかけられ、ランスロットは最初返事ができなかった。アーサーの声が頭痛をよりいっそう激しくしていたせいだ。

「ランスロット」

再び声をかけられ、ハッとして振り返る。

「お前に討伐隊の隊長を任せる。ケルト族討伐の試案を提出せよ。期限はひと月。冬が明けたら、ケルト族に討伐隊を向かわせる」

アーサーはランスロットを見つめて言った。

「私に……？」

ランスロットは不快感を抑えきれなくて、思わずそう言っていた。何故か分からないがアーサーの声に吐き気を覚えていた。目の前にいるのが敬愛する王ではなく、得体の知れないもやもやした化け物に見えたのだ。

「ランスロット卿……？」

御意と答えないランスロットに、ダンが戸惑って首をかしげた。それは他の面子《メンツ》も同じだった。会議に出ていた者たちから小さなざわめきが生じ、ようやくランスロットも自分がおかしなことを口走ったことに気づいた。慌てて立ち上がり、胸に手を当て頭を下げる。

「……勅命、ありがたくお受けいたします」

ランスロットは弱々しい声で呟いた。王からの命令に喜ばねばならないのに、頭痛がひどくて声に力が入らない。

「頼んだぞ」

アーサーが意思を確認するように、ランスロットの腕を叩いた。

会議はひとまず終わりを告げた。ランスロットは込み上げる吐き気を我慢できず、会議の間を飛び出した。中庭に出て冷たい風を頬に受けると、嘘のように頭痛と不快感が去っていく。

(最近の俺はどうしてしまったのだ)

ランスロットは額に滲《にじ》み出《で》た汗を拭《ぬぐ》い去《さ》った。大切な会議の場で頭痛や吐き気がするなど、考えられない。体調は悪くなかったはずだ。会議の間に入るまで、至って健康だった。

(ケルト族の討伐……)

アーサーから勅命を受け、最初に思ったのは『行きたくない』という嫌悪だった。

王都から出たくない、樹里の傍を離れたくない――そんな子どもじみた気持ちが抑えきれなかった。王の命令は絶対だ。騎士としてこのように重大な任務を与えてくれたアーサーに感激しなければならないはずなのに、自分の心は乱れている。

（原因は……やはり、あれか）

ランスロットは鎖骨の辺りに触れ、大きなため息をこぼした。

神殿で得た特別なネックレスは、ランスロットを守るものだった。そのネックレスがなくなったのは一週間くらい前だ。寝る時も肌身離さずつけていたので、いつなくなったか分からなかった。一つだけ心当たりがあるとすれば、ホロウの従者のクミルと酒を飲んだ夜のことだ。

クミルは顔に火傷《やけど》を負っている男で、薬草の知識が深く、半月ほど前からランスロットのためにお茶を煎じてくれていた。気弱だが人の好い男だと分かっていたので、ランスロットは時々声をかけ、親しくしていた。そのクミルと酒を飲んだ次の日、気づいたらネックレスが消えていた。

（だが、どうやって？　酒を飲んだあと、すぐに別れたのに）

クミルと酒を飲んでいた二、三時間の間、ランスロットはネックレスをずっと身に着けていた。そもそも寝る時でさえ外すことはないのだ。それなのに朝起きて着替えたら、なくなっていたのだ。人を疑うのはよくないと思いつつ、ランスロットはクミルを捜した。けれどその日を境に、クミルは消えた。

（ネックレスがないことを、誰かに相談しようか）

ランスロットは困り果てた。一番いいのはマーリンに相談することなのだろうが、マーリンは自分を嫌っていて、二人になる機会がほとんどない。アーサーに言ったら即刻クミルを捕らえよと衛兵に命令が飛ぶだろう。クミルがもし盗んだとしたら、それは金に困ってのことだろうとランスロットは推測していた。いつもボロボロの身なりをしている男だ。できれば穏便にすませたい。

（悲観することはない。俺にはまだこの剣がある）

ランスロットは腰に下げた妖精の剣に触れた。妖精の剣もまたランスロットを守る剣だ。ネックレスがなくても、これがあればどうにかなるはずだ。

ランスロットは軽く頭を振り、中庭を後にした。以前の自分ならすぐにしたはずのこと、考えたはずのことが、頭痛のせいでできなかったことにランスロットは気づかなかった。


ケルト族討伐のための準備は着々と進んでいた。討伐には第一騎士団と第三騎士団の二個隊で向かう。

ランスロットは訓練に勤しむ一方、日々強くなる頭痛に悩んでいた。重責による疲労も原因の一部かもしれないと思い、睡眠を多くとったり食事のバランスを見直してみたりしているが、一向によくならない。頭痛のせいで意識が散漫になることがあり、生活に支障をきたしていた。部下のユーウエィンに心配されたが、大丈夫だと強がってみせた。

その日の午後は、討伐計画の最終確認のための会議があった。

一緒にお昼を食べないかと樹里から誘われたのは、会議の三時間前だった。ケルト族討伐に出立する前に、少しでも力になりたいと言われ、断る理由はなかった。

「ランスロット、最近調子悪そうだろ？　今日はサンが腕によりをかけて作ったからな」

王宮の一階にある客間のテーブルには焼きたてのパンやケーキ、新鮮な果物が並んでいる。サンは樹里の従者でまだ十一歳の男の子だ。日に焼けた肌と利発そうな顔立ちで、ランスロットに笑顔を向けてくる。

「お心遣い、ありがとうございます」

樹里の気持ちが嬉しくて、ランスロットは自然と笑みを浮かべていた。心配していた頭痛は起こらず、樹里たちと楽しい食事をした。

「ケルト族ってどんな奴ら？　会ったことあんの？」

樹里は興味津々といった様子で聞く。サンの焼いたパンはとても美味く、木の実がはさんであっていくらでも食べられそうだった。ランスロットはパンを咀嚼《そしゃく》しながら、ケルト族について知っていることを語った。戦闘部族で、死ぬまで刃を振り回すと話すと、サンが恐ろしげに震えた。

「で、でもランスロット様ならきっと大丈夫ですよね！　なんてったってランスロット様はこの国一番の強さですから！」

サンは不安を吹き飛ばすように言った。

「私が一番などと、おこがましいことです。私はアーサー王には敵いません」

ついランスロットがそう呟くと、サンは子どもっぽく首をかしげた。

「でも槍大会《やりたいかい》で……」

サンは言いかけた言葉を呑み込んで、ごまかすように笑った。以前行われた馬上槍大会を思いだしたのだろう。確かにあの時、自分はアーサー王に勝った。どうしても叶えたい望みがあったからだ。

ランスロットはずきりと胸が痛んでうつむいた。

ずいぶん遠い昔の話のようだと思ったのだ。あれからいろいろなことがあった。あの槍大会で

いっそ神の子本人をもらい受けたいと望めば、樹里は自分のものになっただろうか？　ユーサー

王は一度言った言葉は翻《ひるがえ》さない。もし望んでいれば……。

(何を馬鹿な。俺はどうしたんだ)

こんな未練がましい思いに囚われるなんて、精神的に不安定なのかもしれない。ケルト族討伐

を控えているせいだろうか？

「あの時のランスロットはかっこよかったな」

ランスロットの気持ちも知らず、樹里はサンと微笑み合っている。樹里が笑うと胸が温かくな

り、思わず抱き寄せたくなる。それは許されないことだけれど、妄想することは止められない。

もし、アーサー王がいなければ……。

あの時、樹里を無理やりにでも自分のものにしていれば……。

(俺はどうかしている……)

目の前で笑いながら大きくなった腹を擦る樹里を見ていると、あとからあとから尽きぬ妄想が

頭を占めていく。アーサーを守り、王妃となった樹里を守ると決めたはずなのに、今の自分は昏《くら》

い妄想を抑えきれない。

「ランスロット、どうした？」

無言のランスロットを、樹里が心配そうに覗き込んでくる。すべらかな頬と柔らかそうな唇。

ランスロットはネックレスのことを話してみようかと口を開いた。

「実は――」

そう言いかけた時だ。窓の方から歌声が聞こえてきた。

「あれ？　何か……」

樹里が気になったように窓へ顔を向ける。

ランスロットは突然全身が痛みに襲われ、ふらふらと腰を浮かした。頭から血の気が引き、目の前にあったテーブルに手をつこうとして、身体をぐらつかせる。

「ランスロット⁉」

樹里とサンがランスロットの異常に気づいて、名前を呼ぶ。ランスロットは苦しげに呻《うめ》くとその場に倒れた。咽《のど》に何か異物を埋め込まれたように、声も出せなければ、息もできなかった。

（何だ⁉　何が一体――）

苦しくて身悶《みもだ》える。歌声が頭の中でどんどん大きくなっていく。

――アーサー王を殺せ。

うっとりするような美しい声がランスロットの頭の中で響き渡る。何を言っているんだ、馬鹿な。ランスロットは否定しようとして頭を抱えた。

――アーサー王を殺すのだ。そうすれば、すべてがお前の手に入る。

声は大きくなり小さくなり、何度もランスロットをそそのかしてくる。否定すると強烈な痛みが生じ、意識が朦朧《もうろう》としてきた。

「医師を呼んで参ります！」

サンの声と慌てた足音が聞こえる。ランスロットは自分を助け起こそうとする腕に気づき必死に薄く目を開けた。

「ランスロット！　しっかりしろ！」

視界に樹里の顔が飛び込んでくる。その刹那《せつな》、すべての理性が吹っ飛んだ。目の前にいる人が欲しくて欲しくてたまらなくなった。どんな手を使っても奪い去りたい。

――アーサー王を殺せ。

気づいたら、ランスロットは樹里の両腕を摑んでいた。

「樹里様、あなたはどうして私のものになって下さらないのか――」

狂おしく、切ない感情に支配され、ランスロットはそう叫んでいた。我慢ができなかった。何故か分からないが、抑え込んでいた想いが爆発しそうだった。平素ならありえないことだが、ランスロットは樹里を組み敷き、その衣服を破っていた。頭がガンガンと痛み、突き上げられる衝動のまま、樹里を獣のように犯したいと思った。

「な、な、何をしてるんだ、ランスロット!!」

樹里は信じられないといった目でランスロットを見ている。

「私はあなたが欲しい、あなたしか欲しくないのです！　何故、この想いを分かってくれないのか、私は、私はあなたを――」

ランスロットは怒鳴るように言い、樹里の唇を奪おうとした。樹里がとっさに何かを投げつけてきた。それが何か分からなかったが、頬に一筋の血が流れた。

「俺はアーサーの……っ、アーサーの……っ」

樹里は泣きそうな顔で身を硬くしている。

――アーサー王を殺せ。

ランスロットは脳天に一撃を受けたように身体をわななかせた。そうだ、アーサーを殺さなければ樹里は手に入らない。

「アーサー王がいなければ、私のものになって下さるのか――」

ランスロットは樹里を押さえていた手を離すと、部屋を飛び出した。

意識は完全に混濁していた。まるで悪夢の中をさまよっているようだった。とても現実のこととは思えず、ランスロットは自分がどこをどう歩いているのか分からないまま、足を動かしていた。

「アーサー王を殺せ」という声と、意識を奪う歌声は延々と脳内に響いてくる。この声を聞いていると、考えることができない。声に身を委ねるほかない。

ランスロットは誰かに導かれるように進んだ。

水音と冷たい石造りの感触、ひんやりした空気を肌で感じる。いつの間にか神殿の沐浴場にいた。

この時間、アーサーは神殿で儀式を行っている。

ランスロットはふらふらとした足取りで声がするほうに向かった。正方形の大きな窪《くぼ》みには水が溜められている。この水は神殿の地下から湧き出る清水で聖なる水と呼ばれている。神官の一人で白髪頭の痩せた女性リリィが、水場から上がったばかりのアーサーの身体を布で拭《ふ》いていた。

――アーサー王を殺すのだ。そうすれば、すべてがお前の手に入る。

歌声は思考することを妨げるほど大きくなっている。ランスロットはよろめくような足取りでアーサーに近づき、剣を握った。

「どうなさったのですか！　ランスロット卿！」

ランスロットの足音に気づき振り返ったリリィが、悲鳴を上げる。いつも穏やかな眼差しを自分に向けるリリィだが、今その顔は恐怖にひきつっている。

「剣を」

アーサーはランスロットの視線を真っ向から見据え、リリィに手を伸ばした。アーサーはリリィから剣を受け取ると、それを構える。

「アーサー……、アーサー王……、あなたがいなければ……」

ランスロットは憎悪の眼差しをアーサーに向けた。アーサーが憎くて憎くて、苦しめなければ気がすまなかった。目の前の男を排除できれば、樹里が手に入る。全身が千切れそうなほど痛みを発していて、足がふらつく。この苦しみはアーサーを殺さない限り消えない。

「誰か！　誰か！　ランスロット卿が！」

リリィは叫びながら廊下へ走った。ランスロットは、アーサーに大きく剣を振りかざした。アーサーは抜いた剣でそれを受け止めた。握られていた剣はいつもの剣ではなかった。やけに神々しく光る――あれは妖精王から渡された……。

「ランスロット、何があった！」

アーサーに大声で詰問され、ランスロットは唸《うな》りながら剣を振り回した。アーサーが何を言っているか理解できなかった。ランスロットは獣じみた声を上げ、攻撃する。アーサーに剣を振り払われ、身体が吹っ飛ぶ。自分の攻撃がまったく当たらない。剣が重く、身体も腕も、どこもかしこも重かった。とりわけ重いのは頭だ。頭に何か載っている。誰かそれを取り除いてくれ……。

「クソ……ッ」

ランスロットの攻撃を躱《かわ》しながら、アーサーが台座の前に移動した。台座に載っている皿には、聖なる水が注がれている。

「ランスロット、しっかりしろ！　正気に戻れ!!」

アーサーは大きな声で叱咤《しった》しながら聖水をランスロットにかけてきた。ランスロットは怯《ひる》んで数歩後退する。

「うう、う……、アーサー王……、樹里様……、私は、私は……っ、うあああっ!!」

ランスロットは獣のように吼《ほ》えた。ふいに理性と意識が戻ってきた。目の前にアーサーがいると思った次の瞬間、真っ黒な闇の生き物が見えた。視界が混乱し、何も分からない。

「アーサー……王……っ」

ランスロットは絶叫した。自分が剣を向けている相手がアーサーだと気づき、恐ろしさに剣を落とした。すると息苦しさに襲われ、頭が割れそうに痛む。また闇の獣が覆い被さろうとしてきた。早くそいつを殺さなければ。

「何だ、これは……っ、空間が、ねじ曲がっている……っ⁉」

アーサーが青ざめて周囲を見回す。ランスロットは闇の獣を追い払おうと暴れまわった。

『――アーサー王……、お前はここで死ぬのです……』

突然、潜《くぐ》もった嗤《わら》い声《ごえ》と異様な怖気《おぞけ》と共にそんな声が聞こえた。いつの間にか沐浴場の隅に黒いマントを羽織った男が立っていた。顔は焼けただれ、鼻は潰れ、直視するのがためらわれるような醜い男だった。この男は確か――神官長ホロウの従者のクミル。けれどその男の口から歌声と共に、聞き覚えのある魔女の声がした。

「おのれ、モルガンか……っ⁉」

アーサーは剣を構えながら、憤《いきどお》るように叫んだ。魔女モルガンは神殿に入れないはずだった。だがクミルに魔女モルガンが重なって見える。ランスロットはもう何が何だか分からなくなって、痛む頭を床に打ちつけた。耐えがたい痛みにともすれば気を失いそうだった。

『ほほほ、愚かなアーサーよ……。私がじわじわとあなたに近づいていたことに気づかなかったようですね。私の息子のガルダの変わり果てた姿に騙《だま》されていたとも知らず……』

クミルの唇から甲高い女の嘲る声が漏れる。ランスロットは床をのたうち回っている。

「ランスロット、己を取り戻せ！」

腹の底から絞り出したような声でアーサーに一喝され、ランスロットは一瞬完全に自分を取り戻した。だがその瞬間、さらなる苦痛に襲われ、悲鳴じみた声を上げる。

「あああ！　う、う……っ、わ、私は、アーサー王、私は……っ」

ランスロットは身の内を駆け回る毒に抗うように痙攣《けいれん》する。

「ランスロット！　正気に戻れ!!」

床に倒れてのたうち回るランスロットにアーサーが必死に呼びかける。アーサーの腕がランスロットを押さえつける。

『ランスロット卿には長い間我が秘薬を飲ませてきた。ゆえに抗うことなど不可能。私のこの術は一度発動したらお前が死ぬまで解けない。可哀想に。アーサー、お前が正気を取り戻させたせいで、ランスロット卿は死よりもひどい苦痛を味わっている。仕方ない、私がこの呪いの剣でとどめを刺しましょう』

笑いを堪《こら》えるような女性の声がしたと思ったとたん、アーサーの動きが止まった。鈍い音がし、肉を裂くような音が。

アーサーの背後にクミルが立っていた。ランスロットは視界が暗くて何も分からなくなった。

アーサーの苦痛を訴える声と、ぬるりとした液体がランスロットの身体に垂れてくる。

「う、ぐ……っ」

アーサーの胸に何かきらめくものが見える。これは――刃？

『この剣は長い時間をかけて作り上げた呪いの剣。攻撃に気づかなかったでしょう。刺されるまで気づけない、そういう恐ろしい力がこれにはあるのです』

甘ったるく美しい声の女が歓喜の声を上げた。するとアーサーが振り返りざま、剣をかざすのがぼんやりと見えた。

「ぎゃああああ！」

アーサーの持っていた剣がクミルの左の目に突き刺さったようだった。クミルが恐ろしい形相で悲鳴を上げる中、先ほどまで愉《たの》しげだった女性の声が苦痛に変わる。

『お、おのれ、アーサー……ッ、それはエクスカリバーか……っ』

女性の声がそれを最後にすっと消え、代わりにクミルは「は、母上」という声を発した。

「に、逃げなければ……」

クミルはうずくまるような体勢で、よたよたと廊下に向かう。

ランスロットはほとんど意識を失っていて、何が起きたのか分かっていなかった。視界からアーサーの姿が消えたと思う間もなく、床に何か重いものが倒れた音がした。

ランスロットをあれほど苦しませた痛みは唐突に消え去った。代わりに全身が痺れ、思考は散漫になった。意識が遠のき、何も聞こえなくなる。

ランスロットは深い闇に沈んだ。

すべての音と光が消え、死にも近い眠りに落ちていた。

2　アーサーのいない世界

The World without Arthur

　おびただしい量の血が床に広がっていた。樹里《じゅり》は自分が目にしているものが信じられず、突っ立っていることしかできなかった。

　沐浴場で倒れていたのはアーサーだった。樹里の愛するキャメロット王国の王様だ。今そのアーサーの身体には剣が深々と突き刺さっている。床にはアーサーの血が流れ続けている。

「アーサー王、何とおいたわしい……」

　アーサーの遺体の前ですすり泣いているのは神官のリリィだった。膝を折り、痩せた身体を震わせている。

「ランスロット卿を捕らえました！」

「ランスロット卿を鎖で拘束するのだ!!」

「嘘だ、ランスロット卿がアーサー王を手にかけたなど……っ」

　沐浴場には神兵が怒鳴り合う声が響いていた。その中心にいるのはランスロットだった。この国一番の騎士と呼ばれる高潔な男——そのランスロットは今、神兵に押さえつけられ、獣のように吼《ほ》えている。ランスロットの異常な姿に現場は混乱の極みにあった。駆けつけた樹里は、頭が真っ白になっていた。

目の前にはアーサーの遺体がある。朝、キスをして抱きしめ合った男の身体が、今は冷たくなっている。瞬《まばた》きもしない、指の一本も動かない、もう樹里に話しかけることもない――。

アーサーが死んだ。

樹里は自分が見ているものを受け入れることができず、棒のように突っ立っていた。泣き崩れてアーサーに抱きつくことすらできない。頭の中はクエスチョンマークでいっぱいで、何も考えられなかった。こんなことがあるはずがない。これが現実であるはずがない。倒れているアーサーが理解できなかった。

「神の子、申し訳ありません……っ、私がもっと早く助けを呼べれば……っ。ランスロット卿がアーサー王に襲いかかるなどありえないと……っ!!」

リリィは悲痛な声で訴えた。

ランスロットがアーサーを殺した。

樹里は足元から冷気が這い上がってくるのを感じた。それは氷のような冷たさで徐々に首元まで上がってきた。手も足も神経が切れてしまったみたいだ。アーサーの身体に抱きつきたいのに、ピクリとも動かない。

――私はあなたが欲しい、あなたしか欲しくないのです!

ほんの一時間前に起きた自室の出来事が頭を過《よ》ぎり、樹里はようやく両腕を持ち上げることができた。

理性を失い襲いかかってきたランスロットを思い返し、両手で髪をかきむしる。訳が分からなくて、ただ怖くて、ランスロットを拒絶した。ランスロットは「アーサー王が憎い」と口走り、樹里の部屋を飛び出していった。樹里は部屋の隅で呆然としていた。冷静さを取り戻した頃、アーサーにこのことを知らせねばと神殿に急いだ。アーサーが沐浴していることを知っていたからだ。

そして——慌てふためいた様子のリリィが神兵を呼んでいるところに出くわした。胸騒ぎがして、息が乱れた。樹里に拒絶されたランスロットがアーサーに何をするか、想像したくなかった。

「アーサー!!」

沐浴場に飛び込んだ樹里が目にしたのは、血を流し絶命しているアーサーと、床をのたうち回っているランスロットだった。

(俺の……せいだ)

樹里は自分の髪を鷲摑《わしづか》みにし、大きく身体を震わせた。

「う、あ、あ……ああああ!!」

樹里は大声で叫び、その場に膝をつく。あの時ランスロットを止めていれば、アーサーは無事だったかもしれないのに。アーサーが……死んでしまった。

「アーサー王!!」

神兵に引きずられていくランスロットと入れ違いに、魔術師マーリンが駆けつけた。マーリンはアーサーの遺体を見るなり、狂ったような叫び声を上げた。続けて騎士や大神官、神官たちも

現れ、混乱が大きくなる。

ふだんは静かな沐浴場が騒然となった。樹里は目の前の現実を受け入れられずに、床を見つめ続けていた。


樹里がこの異世界、キャメロット王国に迷い込んだのは、高校二年生の十一月だった。課外授業で湖を訪れた際、マーリン扮する教師の中島《なかじま》に湖に突き落とされた。マーリンは異世界の魔術師で、樹里の命を狙っていたのだ。しかしどういうわけか樹里は死なずにこちらの世界に来て、神の子として生きる羽目になった。

樹里はこの国、キャメロット王国の第一王子であるアーサー・ペンドラゴンと恋に落ちた。キャメロット王国は『アーサー王物語』に出てくる王国とよく似ていた。この国には魔女モルガンがかけた呪いが存在していて、神の子と王の子が結ばれて子どもを授かると、魔女モルガンがかけた呪いが解かれるといわれている。

樹里はこの世界では複雑な存在だった。樹里の母は魔女モルガンが魂分《たまわ》けをしたもう一人のモルガンともいえる存在で、樹里もまたモルガンの息子ジュリと魂を分けた存在だった。魔女モルガンを倒すためには、モルガンだけでなく自分の母も死ななければならない。そしてジュリを倒すためには、樹里自身も死ななければならない。魂分けの術とはそういうものらしい。

自分と同じ魂を分け合ったというジュリは、見た目は双子のようにそっくりだが、中身は樹里と異なり悪魔そのものだ。樹里がこちらの世界にやってきた時、ジュリはマーリンの呪術で仮死状態に陥っていたが、復活するなり樹里を偽物と誹《そし》り、アーサーの父ユーサー王に処刑させようとした。幸い樹里はランスロットに助けられたが、ジュリはこの国をのっとるために陰謀の限りを尽くした。アーサーの弟で第二王子のモルドレッドをそそのかし、子どもができたと偽って一時はこの国を支配することに成功した。

ジュリを倒したのはアーサーだ。アーサーは地下神殿で得たエクスカリバーでジュリの左腕を斬り落とした。逃げようとしたジュリをアーサーはなおも追いかけたが、とどめを刺す前に王都に魔女モルガンが現れ、多くの民を殺し建物を破壊した。ジュリを殺すことはできなかったが、アーサーのおかげで樹里は王都に再び戻ることができた。

けれどそのあと、モルガンを殺すためには母の命も奪わなければならないと知り、樹里は元いた自分の世界に逃げた。それを追いかけてきたのがマーリンだ。マーリンは樹里に対して怒り狂っていたが、樹里が妊娠していると分かると、態度を改めた。最初は男である自分が妊娠するなどありえないと思っていたが、マーリンは確かだと言う。

キャメロット王国に戻ってきた樹里は、アーサーに王妃として迎えられた。マーリンが妊娠の話をしたからだ。正直、男の自分が王妃になるなど信じがたいが、あれよあれよという間に婚姻の儀が執り行われ、気づいたら神獣のクロと従者のサンと一緒に王宮で暮らすようになった。

そうするうちに冬を迎え、モルガンとの闘いも小康状態の中、アーサーと二人で過ごす時間が多くなった。

アーサーが西のケルト族を討伐すると決めた時、樹里は少し不安を抱いた。ケルト族は強く、これまで幾度となく討伐に失敗したと聞いていたからだ。だがアーサーは王都に残り、第一騎士団と第三騎士団が討伐に向かうことになり、樹里の不安は薄らいだ。

「最近、ランスロット様、おかしくないですか？」

サンが心配そうに呟いたのは、数日前だった。十一歳と子どもながら、時々樹里より鋭い観察眼を見せる。

「いつも難しい顔してるよな」

樹里も気になっていたので、サンに頷いた。

「どこかお悪いんでしょうか。それともケルト族討伐の責任の重圧に……」

サンがぶるぶると首をすくませる。ランスロットの様子がおかしいのはアーサーも気になっているようだった。覇気が消え、時おり頭痛を耐えるようにこめかみに手を当てている。もの言いたげに樹里を見つめていることもあった。

「きっと隊長として重荷を感じてんだろうなぁ。出発前に、昼食に呼んでお茶でも振る舞おうか」

樹里はぱちんと指を鳴らして提案した。サンは目を輝かせ、美味しいパンを作ると意気込んだ。急きょ思いついたことなので、用意に手間取り、ランスロットに声をかけるのが遅くなった。用事があって断られても仕方ない。そう思って誘ってみると、ランスロットは久しぶりに目を輝かせて樹里の申し出を受け入れてくれた。

「お心遣い、ありがとうございます」

王宮の一階にある客間のテーブルについたランスロットは、微笑みを浮かべて言った。ランスロットは騎士団のマントを羽織り、甲冑《かっちゅう》を身につけ、腰に剣を下げていた。このあと討伐隊の最終確認があるという。

「忙しいよな。最近調子が悪そうだって、アーサーが心配してたよ」

樹里が気遣うように言うと、ランスロットは顔を曇らせた。

「……ええ、実は」

ランスロットは目を伏せ、何かを言いたそうに眉根を寄せた。困ったことが起きたと顔に書いてある。

「何かあったのか？　俺でよければ聞くから、言ってくれ。俺、いつもランスロットに助けられてばかりだろう？　たまには頼ってほしいよ」

樹里は身を乗り出して言った。サンがランスロットと樹里のためにハーブ茶を淹《い》れ、焼きたてのパンをテーブルに並べる。サンもランスロットを労《いたわ》るように見つめる。ランスロットは何か言いかけて唇を開いたが、結局何も話してくれなかった。

「ケルト族ってどんな奴ら？　会ったことあんの？」

ランスロットから無理に話を引き出すのはやめて、樹里は見たことのないケルト族の話を始めた。以前、ランスロットは樹里の警護をしていたことがあり、こうしてサンと三人で食事をしたりお茶を飲んだりすることがあった。だから樹里は懐《なつ》かしい気持ちになっていた。

そのランスロットが豹変《ひょうへん》したのは、どこからか歌声が響いてきた時だ。誰が歌っているのだろうかと中庭に面した窓へ顔を向けた樹里は、ランスロットの漏らした声に驚いた。ランスロットは茶器を床に落とし、苦しげに髪を掻きむしっていた。

「ど、どうしたんだ、ランスロット？」

樹里が焦って手を伸ばすと、ランスロットは床に倒れ、重病人のようにもがき始めた。サンがびっくりして飛び上がり、「医師を呼んで参ります！」と部屋を走り出た。

「ランスロット！　しっかりしろ！」

まさかお茶に毒でも入っていたのか。樹里はそんな疑念を持ち、ランスロットを抱き起こそうとした。とたんにランスロットが髪を振り乱し、樹里の腕を強く摑んできた。

「樹里様、あなたはどうして私のものになって下さらないのか――」

呻《うめ》くような音で両腕を摑まれ、樹里は驚きのあまり声を失った。ランスロットの瞳が燃えるような激しさで樹里を見つめ、荒々しく床に押し倒された。ランスロットが自分を好いていたのは知っていたが、アーサーの王妃となり、すっかりその想いは捨てたと思っていた。それなのにランスロットは抱え込んでいた想いをぶつけ、樹里の衣服を破った。

「な、な、何をしてるんだ、ランスロット!!」

樹里は動転してろくに抵抗もできなかった。先ほどまで和やかにお茶を飲んでいたのに、ランスロットの急変に頭がついていけなかった。

「私はあなたが欲しい、あなたしか欲しくないのです！　何故、この想いを分かってくれないのか、私は、私はあなたを――」

樹里の言葉など耳に入らない様子でランスロットが無理やり口づけようとしてきた。樹里はとっさに腕で押しのけ、落ちていた割れた茶器をランスロットに投げつけた。ランスロットの頬に一筋の血が滲《にじ》み、わずかに距離が開く。

「どうしたのですか⁉」

異変を聞きつけて扉の外にいた衛兵が部屋に駆け込んできた。衛兵はこの場の状況が信じられず、呆気に取られてランスロットを凝視している。

「俺はアーサーの……っ、アーサーの……っ」

声が引っくり返った。上手い拒絶の仕方など何も浮かばなかった。自分を守らねばと必死だった。

「ラ、ランスロット卿！　王妃に何を――」

我に返ったように衛兵がランスロットの腕を捉え、樹里から引き剝がそうとする。だがランスロットは衛兵の腕を振り払い、自ら樹里の身体を手放した。

樹里はぞくりとして、青ざめた。ランスロットの瞳には残酷な光が宿っていたからだ。

「アーサー王がいなければ、私のものになって下さるのか――」

ランスロットは荒々しく吐き捨てるなり、すごい勢いで部屋を飛び出していった。樹里は何が起きたか未《いま》だに理解できなくて、呆然と床にへたり込んでいた。ランスロットに怯《おび》え、また戻ってくるのではないかと思うと、手足の震えが治まらなかった。衛兵は困惑しながらも「人を呼んで参ります」と廊下に出ていった。分からない。一体どうなっているのだ。

「樹里様？　樹里様、これは――」

サンが医師を伴って戻ってきたのは五分ほど経ってからだった。樹里はサンの声に冷静さを取り戻し、慌てて顔を上げた。テーブルの上はめちゃくちゃで、床には茶器が割れ、茶が絨毯《じゅうたん》を濡らしていた。

「ランスロット様は？　何があったのですか？」

樹里の衣服の乱れに気づいたサンが、血相を変えて駆け寄ってきた。その瞳を覗き込めば、ランスロットではなく賊が入ってきたのではないかと疑っているのが分かる。サンの知っているランスロットはこんな不埒《ふらち》な真似をする男ではないからだ。

（そうだよ、ランスロットがこんな真似、絶対におかしい）

遅まきながら樹里もそれに気づき、一気に頭が動き始めた。ランスロットの異変は、魔術か呪術によるものではないのか。確かランスロットがおかしくなる前、歌声が聞こえてきた。あれはきっと呪文だ。

「ランスロットを追わなければ――」

あの状態のランスロットが何をするのか考えると恐ろしくなり、樹里はすぐに部屋を飛び出した。サンも樹里を追いかけてくる。樹里は廊下を走り、要所要所に立っていた衛兵にランスロットを見なかったかと聞いた。衛兵たちは皆、険しい形相でランスロットが駆けていったと答える。

嫌な予感に手足が冷たくなった。ランスロットは神殿に向かっていた。神殿では今、アーサーが儀式のために沐浴している。沐浴では武器を外す。アーサーは武器がなくても強いし、よもやランスロットがアーサーに剣を向けることなどないと思うが、それでも鼓動は速まる一方だった。

そして——樹里は最悪の場面に出くわした。

沐浴場で血まみれになって絶命しているアーサーと、狂ったように吼えているランスロット。

樹里はこの日、大事な人を二人失った。

最愛の人と、この国で一番高潔な騎士だ。


キャメロット王国のアーサー王が騎士ランスロットに殺されたことは、その日のうちに王都中に知れ渡った。

誰もが信じられないと、嘆き悲しんだ。国中の民が悲しみに暮れ、どんよりとした重苦しい空気に包まれた。樹里は自室に引きこもり、何も食べず、何もしゃべらなかった。お腹《なか》の子に悪いとサンが食べ物を口に運んでくれたが、飲み込もうとすると吐き気に襲われ、何も受けつけなかった。眠ろうとしても悪夢に魘《うな》され、生きていることが苦しくてたまらなかった。

アーサーが死んでしまった。しかもランスロットに殺された。沐浴場でその状況に遭遇したリリィの証言は誰も疑うことができなかった。樹里が駆けつけた時もアーサーとランスロット以外の人間はいなかった。

アーサーの死を思い返すたび、激しい後悔に苛まれた。あの時、何が何でもランスロットを止めるべきだった。何か手はあったはずだ。ランスロットが王殺しをする前に、打てる手立てはあった。アーサーを殺せば樹里が自分のものになるとランスロットが思ったのだとしたら、アーサーの死の原因は樹里ということになる。

父が亡くなった時、樹里は八歳で、死はぼんやりしたものだった。だから自分がどんなふうに悲しんだのか、覚えていない。けれど今は——アーサーの死に、全身が引き裂かれるような苦しさを感じていた。会いたくてももう会えない、抱きしめてもらうことも、名前を呼んでもらうことも、どんなに願っても叶わないのだ。

涙はとめどなく流れた。自分の身体の水分が全部失われてしまうのではないかというくらいこぼれた。二日ほど、そうして時が止まったかのように部屋で過ごした。

三日目になり、ようやく樹里はパンのかけらを口にした。アーサーは死んだのに自分が生きているのが申し訳なくて、お腹が空くのが悲しくて、泣きながらパンをかじった。

「ランスロット……、馬鹿野郎……っ、何であんなことをしたんだよ！」

腹が満ちてくるとランスロットに対する怒りが込み上げ、樹里は頬を濡らしながらやり場のない怒りを口にした。テーブルに手のひらを何度も叩きつけ、ランスロットを罵倒する。

「畜生……っ、どうして……っ、ランスロット……ッ、お前は馬鹿だ、大馬鹿だ！」

叫びながらテーブルを叩き、ランスロットに対する怒りをぶちまける。すると今度は悲しみが襲ってきて、樹里はテーブルに突っ伏して、大声で泣き始めた。サンは潤んだ目で部屋の隅からじっと樹里を見守っている。

その繰り返しに疲れ果てた頃、客が訪れた。

「樹里様、このような時に申し訳ありません」

樹里の部屋にやってきたのは騎士団第一部隊のマーハウスとユーウエィンだった。マーハウスは短く刈り上げた金髪に鍛え上げた身体つきをした二十歳《はたち》くらいの若者で、ユーウエィンは獅子《しし》のたてがみのような髪型の剛健な男だ。二人とも騎士団の紋章が入ったマントをなびかせて入ってきた。

「どうか、お聞き下さい。マーリン殿は、ランスロット卿を即刻処刑すべきと譲りません。三日後には広場で斬首の刑に処すると言っております。しかし我らはどうしてもあのランスロット卿がアーサー王を弑《しい》したとは信じられません。マーリン殿は神官であるリリィの証言のみで十分と言っておりますが、我らはせめて調査をしてからにしてほしいのです。王妃である樹里様からマーリン殿に進言してはもらえませんか？」

ユーウエィンは樹里の前に膝を折って、切実な様子で訴えてきた。

「処……刑…？」

頭がぼんやりしていた樹里は、その言葉に目を見開いた。アーサーのためだけに生きてきたマーリンは、ランスロットが許せないのだ。アーサーが死んで悲しいのは樹里だけではない。マーリンも同じように悲しみの淵にいる。そしてマーリンはそれを怒りに変えているのだ。

「樹里様、どうかランスロット卿を信じて下さい！　ランスロット卿がこんなことするはずないです！　俺は、絶対に信じない‼」

マーハウスは駄々っこみたいに声を張り上げる。二人はランスロットを敬愛している。ランスロットの武人としての強さと、騎士としての高潔さに惚れているのだ。

「処刑なんて……そんな……」

ランスロットが殺される。アーサーがいなくなっただけでこんなに悲しいのに、ランスロットまで死んでしまったらこの国はいったいどうなってしまうのだろう。樹里にもマーリンと同じようにランスロットへの怒りはある。けれどだからといって処刑すれば気がすむのかというと、違うはずだ。それにランスロットは何者かに呪術をかけられて凶行に及んだ。それを知っているのは自分だけだと今さらながら気づき、何とかしなければと覚醒した。

「分かった、マーリンと話してみる」

樹里は涙を拭《ぬぐ》ってそう答えた。マーハウスとユーウエィンがホッとしたのが伝わってきた。傍にいたサンも、樹里がしっかりした返答をしたことに安堵したようだった。泣いている場合ではないと自分に言い聞かせた。マーリンが間違った道を進もうとしているのを止めなければならない。

樹里はマーハウスとユーウエィンが去ると、身支度を整えた。ずっと同じ服を着ていたので久しぶりに身体を拭《ふ》いてもらった。サンが用意したのは黒い糸で織られた服だった。この国も大切な人が亡くなった際は、喪服を着るらしい。

「マーリンに会う」

樹里はお腹を擦って呟いた。このお腹にはアーサーの忘れ形見がいる。ちゃんと食べてちゃんと眠らなければ。樹里は気持ちを奮い立たせて部屋を出た。サンとクロが労るように樹里の後をついてくる。

「あのさ、アーサーの……その、身体、は」

遺体、という言葉を使いたくなくて、樹里は口ごもりながら尋ねた。

「アーサー王のお身体は神殿の地下に安置しています。本来なら葬儀に関して連絡がきてもいい頃のはずですが、まだどこからも連絡はないですね」

サンが樹里の質問の意図を察して答えてくれる。サンによるとこの国では土葬する風習らしい。王族には専用の墓所があって、アーサーはそこに埋葬されるそうだ。マーリンに会う前にアーサーの顔を見ておきたいと思い、樹里は神殿に行くことを決めた。冷たくなったアーサーを見て自分が取り乱すのが恐ろしかったが、土葬されたらもう永久に見ることは叶わなくなるのだ。今、行かなければならない。

「樹里様」

樹里が王宮を歩いていると、衛兵やすれ違う城の使用人たちが目を伏せて頭を下げる。城中が陰鬱《いんうつ》な空気に包まれている。アーサーが死ぬなど、誰も想像していなかったのだ。樹里は唇をぐっと嚙みしめ、冷たい廊下を通り過ぎた。

王宮と神殿を繋ぐ道にはちらちらと雪が舞っていた。吐く息は真っ白で、樹里はマントのフードを深く被った。木々は葉を落とし、花は枯れ、ことさらわびしさを感じる。樹里は心ひとつで景色まで違って見えるのだと実感した。

神殿の入り口では神兵が樹里を出迎えてくれた。誰もが樹里の気持ちを分かっていると言いたげに優しく接してくれる。

「地下の遺体安置所にはマーリン殿がおられます」

神兵にそう囁《ささや》かれ、樹里は目を瞠《みは》った。マーリンはアーサーの傍にいるのか。複雑な思いを抱きながら、樹里は地下に下り立った。

遺体安置所はひんやりした石造りの部屋だった。壁には初代王の偉業を称《たた》えるレリーフが刻まれ、奥に祭壇が置かれている。凝《こ》った意匠を施した棺《ひつぎ》の周りには、花が飾られていた。マーリンは棺の前に彫像のように身動き一つせず立っていた。

「マーリン……」

マーリンがいつからそこにいるのかは知らないが、青ざめた肌と紫色の唇を見るとかなり長い時間そうしていたのが分かった。樹里は憐《あわ》れみを感じてマーリンを見つめた。マーリンはもともと魔女モルガンの手先として王宮に入り込んだ。けれどアーサーに救われ、モルガンを裏切り、アーサーを助けると決意した。マーリンにとってアーサーはすべてだった。それを失ったマーリンの悲しみと絶望は計り知れない。

「アーサー王……まるで生きているようです」

棺を覗き込んだサンが涙目で言った。樹里はおそるおそる棺の中に目を向けた。サンの言う通り、肌が異様に白いことを除けば、アーサーは生きているかのようだった。装束は白に金色の刺《し》繍《しゅう》が施された美しいもので、頭には金色の冠があった。閉じられた瞼《まぶた》に長いまつげ、樹里は胸が苦しくなって拳を握りしめた。泣くのを堪《こら》えようとすると涙があふれてくる。本当にアーサーは死んでしまったのだと思い知った。

「生き返る術はないかとあらゆる術を試したが、できなかった。今はアーサー王の身体が腐らないような術をかけている」

マーリンが低い声で呟いた。アーサーの遺体が生きている頃と遜色ないのは、マーリンが術をかけているおかげらしい。生き返ることはなくても、アーサーの身体は生前と同じ状態を保っている。

「私は無能だ……、何度もアーサー王が死ぬ場面を見ておきながら、結局救えなかった……。私の知る未来において、アーサー王がランスロット卿に殺される結末はなかったから、うかつにも油断していたのだ」

マーリンは身を震わせて吐き出す。マーリンは時渡りの術というもので、未来へ行くことができる。未来では何度もアーサーが若くして死ぬ結末を見た。だからマーリンはその未来を変えようと奮闘していた。

「過去に戻ることができれば……。時渡りの術は未来にしか行けない」

マーリンは血が滲むほど唇を噛む。樹里は数度深呼吸をして、マーリンの肩に触れた。

「マーリン、ランスロットを処刑するつもりか」

あの時、ランスロットに何かの魔術がかけられていたことをマーリンに伝えなければならない。

「当然だ」

マーリンは冷ややかな眼差しを樹里に向けた。

「聞いてくれ、あの時ランスロットはおかしかった。どこからか歌声が聞こえたんだ。ランスロットは何かの術をかけられて……、きっとあれは魔女モルガンの仕業で」

樹里はマーリンに真実を知ってもらいたくて、熱を帯びた声で訴えた。怒りに狂っているマーリンも、真の敵を知ればランスロットへの怒りが和らぐのではないかと思ったのだ。けれど、それは樹里の思い違いだった。

「そんなことは分かっている」

マーリンの声がいっそう冷たさを帯びて樹里に突き刺さった。えっ、と樹里が戸惑いの声を上げると、憎々しげにマーリンが顔を歪める。

「ランスロット卿がアーサー王を殺すなど、通常ではありえない。おそらくモルガンの罠にかかったのだろう。だが、それが何だ!? 理由など、どうでもいい！ 結果的にランスロット卿はアーサー王を殺してしまった!! ランスロット卿にはモルガンにつけ込まれる弱さがあった！ その事実の前で理由など何の意味もない!! 私はランスロット卿の弱さを憎む！ 止められなかった弱さが許せない！ ランスロット卿を処刑しなければ、この怒りは収まらない!!」

マーリンは徐々に激昂《げっこう》し、最後は遺体安置所に響き渡る大声で樹里を怯《ひる》ませた。マーリンにとって真の敵など問題ではないのだ。ランスロットを処刑することはゆるぎない決定事項なのだ。

樹里は愕然《がくぜん》とした。

「で、でもマーリン！　それじゃランスロットが……っ」

樹里は納得がいかなくて反論した。樹里のいた世界では法律があって、裁く人間がいる。マーリンの憤《いきどお》りは分かるが、樹里の常識ではモルガンに操られたランスロットを処刑するのはフェアじゃない。

「お前にはランスロット卿に対する怒りはないのか⁉　アーサー王を殺されたにも拘《かかわ》らずランスロット卿を庇うのか⁉　王殺しは処刑以外ない、たとえどんな理由があろうとも‼」

マーリンが目をぎらぎらとさせて樹里の胸ぐらを摑んだ。サンがびっくりして駆け寄り、クロが唸《うな》り声《ごえ》を上げる。樹里にもランスロットに対する憤りはあるが、それ以上にモルガンに対しての怒りが大きい。

「ランスロットは利用されたんだ‼　本当に悪いのはモルガンだろう⁉」

樹里は負けじと声を張り上げてマーリンに怒鳴り返した。息詰まるような沈黙が訪れ、樹里はマーリンと睨《にら》み合《あ》いを続けた。クロはマーリンが動いたら嚙みつくと言わんばかりに身を低くして牙を見せている。

「う……」

ふいに腹部に痛みが走って、樹里は顔を顰《しか》めた。マーリンがハッとしたように手を離し、舌打ちする。

「ランスロット卿を庇うなど、二度とするな。お前まで憎くなる。今だって、お前の腹にアーサー王の子がいなければ、ひどい目に遭わせていた」

マーリンはそう言うなり、踵《きびす》を返した。マーリンはランスロットを許す気などないのだ。ランスロットが死なない限り――否、死んでもその心は晴れないだろう。

「樹里様、大丈夫ですか⁉」

横でハラハラして見ていたサンが、うずくまった樹里の背中を撫でる。お腹の痛みは徐々に引いていった。

「大丈夫……。でも困ったな。あの様子じゃ、ランスロットは……」

樹里はよろよろと立ち上がりうなだれた。ランスロットを処刑するなんて間違っていると思うが、この国では王殺しは問答無用で死刑だというのも分かっている。何か手はないかと樹里は頭を抱えた。

(どうしてこんなことになったんだ……)

無謀だとしてもランスロットを死なせたりしないと決意し、樹里は遺体安置所を出た。ランスロットは牢《ろう》に入れられている。まだ理性を失っていたら諦《あきら》めるしかないが、話せる状態なら真実を聞きたい。ランスロットはここ最近ぼんやりしておかしな点が多かった。モルガンがどんな手を使ってランスロットを操ったのか知りたかった。

(そういえば……ランスロットの様子、以前マーリンから石をもらった時と似ていた)

地上への階段を重い足取りで歩きながら、ふと樹里は思い出した。マーリンは昔、樹里を暗殺しようとした。その際、呪術に使う石をランスロットに渡し、思いのまま操ろうとしたことがある。

（ランスロットは何か呪術の道具を持ってる？　それを使ってモルガンが操った？　でもランスロットには妖精の剣と身を守るネックレスがあったはず……）

考えても答えは出ず、直接聞くしかないとため息をついた。

「神の子、ここにおいででしたか」

広間を横切っていると、神兵が数名駆け寄ってきた。悲愴《ひそう》な顔つきで、神殿から出ようとする樹里の前に立ちはだかる。

「問題が起こっているのです。どうか、神の子の力でお助け下さい」

ただならぬ雰囲気に樹里は足を止めた。

「どうしたんだ？」

「どうぞ、こちらへ」

樹里の問いには答えず、神兵は神殿の裏手に誘《いざな》う。神殿には神兵の寝泊りする建物が併設されているのだが、その二階の一室で異変が起きていた。

「神の子、助けて下さい」

部屋にはベッドが数台並んでおり、端に寝かされている二人の神兵の腕が真っ黒く変色していた。二人とも恐怖に怯え、すがるような眼差しで樹里を見上げる。

「一体、どうしたんだ？　この腕……まるで石のように硬い」

思わず神兵の腕に触れた樹里は、驚いて手を離した。真っ黒く変色している腕は、冷たく固まっていた。肩から先はまるで作り物の腕のようだ。

「分かりません。気づいた時には指が動かず、しだいに腕まで……」

「私もです、このままでは全身が固まってしまう」

二人の神兵は口々に言って恐ろしさに震える。理由は分からないが、自分の涙には治癒能力がある。この二人の身体を癒せるかもしれないと、二人の腕を持って涙を落とした。ところが樹里の涙が落ちても、二人の腕は治らなかった。

「俺の力では無理みたいだ……」

樹里はショックを隠せず情けない顔つきで二人を見た。二人ともこの世の終わりという表情になる。自分の能力が失われたのかと、切り傷のある神兵に涙を落としてみると、今度は治癒できる。

「俺の力が効かないということは、何か特別な傷なのかも……。心当たりは？」

樹里は怯えている神兵に声をかけた。

「アーサー王が殺された時、我々は沐浴場に駆けつけました。もしや、あの場に何かの呪いが……？　あれからこの手がおかしくなったのです」

神兵がわなわなと身を震わせ呟く。樹里は慄然《りつぜん》とした。彼らは暴れるランスロットを押さえた神兵のうちの二人なのだろう。

「しかし私もあの場にいましたが、何も起こってはおりません。神の子は……？」

樹里をこの部屋に連れてきた神兵がいぶかしげに言う。樹里の身体に異変はない。どういうことなのだろう。

結局、理由も治癒方法も分からず、大神官に祈禱《きとう》をお願いすると約束し、樹里はその場を後にした。マーリンに聞ければ一番いいのだろうが、自暴自棄になっているマーリンが教えてくれるとは思えない。これも魔女モルガンの呪術なのだろうか？　己の無能さにますます気分が沈み、樹里は足早に神殿を出た。


樹里は王宮に戻ると、地下牢へ向かった。樹里はかつてこの牢に入れられたことがある。ジュリが復活し、樹里を偽物と断じた時だ。あの時はランスロットが牢から逃がしてくれたが、まさか逆の立場になる日が来るとは思いも寄らなかった。

牢までの道は狭い廊下、狭いらせん階段を通る。見張りをしている衛兵が下りてきた樹里に気づき、近づいてきた。

「樹里様、このような場所に来られては困ります」

帯剣した衛兵が二人、階段の途中で樹里を通せんぼするように立ちはだかった。地下には光が入らないので、壁の松明《たいまつ》が辺りを照らしている。暗くじめじめした空気に押し潰されそうだ。

「ランスロットと話がしたいんだ。通してくれ」

樹里の言い分に衛兵が困惑した様子で顔を見合わせる。アーサーが亡くなった今、衛兵は誰に許可を求めればいいか分からないのだ。小声で話し合った結果、衛兵は樹里一人であれば通っていいと許可した。樹里はその場にクロとサンを残して、衛兵を伴ってさらに下へ進んだ。

「お気をつけ下さい。もし万が一のことがあったらすぐに牢から離れていただきます」

牢屋が並んでいる空間に降り立つと、衛兵が厳しい声音で告げた。樹里は頷いて格子《こうし》が連なる空間を歩いた。

ランスロットは一番奥にある藁《わら》すらない狭い牢に入れられていた。背中を向け、冷たい床にあぐらをかいているようだ。樹里はランスロットの背中を見て、ぐっと胸に迫るものを感じた。

「ランスロット……ッ」

思わず声を荒らげると、びくりとランスロットの肩が揺れる。牢の格子に指を絡め、樹里は両目を大きく開いた。ゆっくりと振り返ったランスロットは、樹里の知っているランスロットだった。あの豹変が嘘のように、落ち着いた光を目に浮かべ、その態度には威厳があった。

「ランスロット、何でこんなことに……っ」

樹里は強烈な悲しみを感じて叫んだ。ランスロットは静かに立ち上がると、樹里の前に跪《ひざまず》いた。

「樹里様、どうか……どうか私を蔑んで下さい。私があなたにしたこと、どんな謗《そし》りを受けても仕方のないこと……、私は騎士として、人としてあるまじき振る舞いをしました。万死に値するものです」

ランスロットは苦しそうに呟き、うなだれた。その姿に自然と涙があふれ出る。ランスロットはあんな真似をする人間ではない。こうして格子越しにいるランスロットは、高潔でキャメロット一の騎士と呼ばれた男そのものだ。

「私は……私は赦《ゆる》されない罪を犯しました……。王殺し、という……」

ランスロットの声が初めて震えた。揺れる肩がランスロットがその罪の重さにわななないていることを示していた。

「ランスロット、どうしてこんなことに!? 俺、あの時、歌声を聞いた！ ランスロットはモルガンに術をかけられていたんじゃないか、でもネックレスがあれば大丈夫なはずなのに……っ」

樹里はランスロットに少しでも近づこうと、膝を折った。うなだれていたランスロットは顔を上げた。ランスロットの翡翠《ひすい》色《いろ》の瞳が濡れている。

「あなたに食事に招かれた時……私はネックレスをしていなかったのです。……二週間ほど前に、ネックレスが消えたのです」

衝撃の事実に樹里は声を失った。ランスロットはいつもネックレスを衣服の下に身につけていたから、つけていなかったことに気がつかなかった。

「犯人は分かっております。クミルが……奪っていったのでしょう。クミルをずっと捜していたのですが、見つからず……。半月ほど前から彼のくれたお茶を飲んでおりました。私は愚かにも、クミルは高価なものと思ってネックレスを奪っていったのだと思い込んでいました。けれど、あのお茶に意識をかく乱するものが入っていたとすれば、クミルこそがモルガンの手先だったのではないかと……」

ランスロットは淡々と話しているが、時おり激しい怒りに襲われたように物騒な目つきになった。クミルがランスロットをおかしくさせた犯人だというのか。クミルは神官長ホロウの従者だ。それがモルガンの手先だった――。樹里は愕然として格子から手を落とした。

「そんな……、じゃ、じゃあそれを皆に知らせて」

そう言いかけた樹里はぶるぶると身を震わせた。それを話したとしてもランスロットの罪が軽くなるとは思えない。ランスロットが捜しても見つからなかったのだ。とっくに逃げたに決まっている。

「あなたに乱暴を働きかけた時……、あの時から私の記憶はほとんどないのです。無性に腹が立ち、胸の中が醜いどろどろしたものでいっぱいになったのは覚えております……。アーサー王、アーサー王さえいなければ、と……私は……私の中にあのような恐ろしい悪魔がいたなんて」

ランスロットは床に手をつき、気持ちが抑えきれなくなったように何度も拳を床に叩きつけた。ランスロットの拳は血で真っ赤だった。

「ランスロット……、俺のせいだ。俺が止めていれば……」

樹里は涙を流して格子の隙間から手を伸ばした。血だらけの拳で床を叩くのを止めようとしたが、樹里の指が触れる前にランスロットは避けるように身を引いた。

「いいえ、私の弱さのせいなのです。すべては私の罪。今は一刻も早くこの首を刎《は》ねてほしいと願っております。もっとも死んだくらいでは、この罪は赦されないでしょうが……」

ランスロットは命乞いなど求めていなかった。樹里は悔しくて悲しくて声を上げて泣いた。ランスロットを利用してアーサーの命を奪った敵が憎かった。ランスロットの異変を止められなかった自分に腹が立った。どこかで違う道を選べたはずだ。これが運命なら悲しすぎる。

「この身の上で厚かましいとは存じますが、樹里様、最期の願いをお聞き届け下さい。私の罪は赦されないものですが、私の領民には関係のないことなのです。なにとぞラフランに住む者にお咎《とが》めなきよう……」

ランスロットは深々と頭を下げた。

「分かってる、そんなの……。彼らは俺が守る」

樹里は涙を拭って約束した。ランスロットはホッとしたようにわずかに口元を弛めると、くるりと背中を向けて、再び冷たい床にあぐらをかく。

「樹里様、もうおいで下さいますな」

ランスロットは低い声で言った。ランスロットの後ろ姿からは拒絶が感じられた。それでも樹里は叫ばずにはいられなかった。

「ランスロット、何かできることはないのか⁉　アーサーを失って、お前までなんて……っ」

樹里は声を張り上げた。見かねた衛兵が樹里の腕をとり、強引に立たせて入り口へ向かわせる。

樹里の声は虚しく牢に響き渡った。


王宮に戻ると、樹里の自室前の廊下を行ったり来たりしているマーハウスと、顰めっ面で腕を組んでいるユーウエィンに会った。二人とも樹里の帰りを待っていたらしく、姿を見るなり駆け寄ってきた。

「樹里様、いかがでしたか？　マーリン殿と話せましたか？」

ユーウエィンとマーハウスの瞳には淡い期待が浮かんでいる。それを打ち消すのは心苦しかったが、マーリンの意志は固いと言うしかなかった。今のマーリンはランスロットを処刑すること以外望んでいない。ランスロット自身が処刑を望んでいることを伝えると、二人とも絶望的な表情になった。

「そんな……、ランスロット卿は罪を認めるというのか」

マーハウスは沸き立つ苛立ちを抑えきれなくなったのか、石壁に拳を打ちつけた。サンがびっくりして飛び上がる。

「ランスロットは記憶がほとんどないと言っていた。俺の言葉は……もう届かない」

樹里はうつむいて言葉を絞り出した。

「樹里様、我らが調査したいと言ったのは、明確な理由があるのです」

樹里が顔を上げると、ユーウエィンは廊下に人がいないのを確認して身を寄せてきた。

「事が起きた後、我らはどうしても信じられなくて神殿に赴きました。神殿の倉庫には、ランスロット卿から取り上げた武具が置かれていました。ランスロット卿が常に腰に下げている妖精の剣と闘いの際に使う剣です。我らは剣を改めました。闘いの際に使う剣には血がついていなかった。妖精の剣は人を斬る剣ではないと聞いておりますし、我らに抜ける由《よし》もなく調べておりません。アーサー王を貫いた剣は別の剣だったのです」

樹里はハッとして目を見開いた。ランスロットは自分の剣で刺していない……？

「おかしいと思いませんか？　ランスロット卿がアーサー王を殺したいなら、自分の剣を使えばいいはず。アーサー王を貫いた剣は不吉なものとして、ご遺体から抜かれた後、箱にしまわれていました」

ユーウエィンは、その場に第三者がいたのではないかと考えているのだ。そしてアーサーを殺害したのは第三者ではないかと疑っている。樹里はすぐにクミルを思い出した。

「ランスロットがおかしくなったのは、呪術を使った者がいたからだ。おそらく神官長ホロウの従者クミルという男が犯人だ。だがクミルが見つかるかどうか……」

樹里はランスロットから聞いた話を打ち明けた。マーハウスがいきり立って、ユーウエィンの肩を摑んだ。

「すぐに捜し出します！　そいつを！」

そう言うなり、マーハウスはものすごい速さで走っていった。ユーウエィンがやれやれと肩をすくめる。

「あいつはまったく……。最後まで話を聞かない奴なんです」

マーハウスとよくつるんでいるユーウエィンは苦笑して言う。樹里も小さく笑った。アーサーが亡くなって初めて表情が弛んだ。

「ユーウエィン、クミルがたとえ見つかったとしても、ランスロットの無実を証明するのは難しいかもしれない。ランスロットの記憶は曖昧《あいまい》だし、マーリンはランスロットを処刑する以外の選択肢を望んでいない。俺は……俺はこんなことを言ってはいけないと思うが、ランスロットを逃がしたい。だけど、ランスロットは生きることを望んでいないんだ」

樹里はユーウエィンをじっと見つめた。牢で絶望していた時ランスロットが自分を助けてくれたように、自分もランスロットを助けたいが、肝心のランスロットに逃げたいという意志がないのだ。

もしこれが樹里のいた世界なら、剣から指紋をとって事実を証明できる。けれどこの世界では指紋の話をしても誰も理解できないだろう。あの場に第三者がいたこと、アーサーを殺したのが第三者だということをどうやって証明すればいいのか。

「樹里様。最悪の場合は我らがどうにかします」

ユーウエィンは声を潜めて断言した。その目には確固たる意志の光がある。迷わずランスロットを助ける意志を見せるユーウエィンに樹里は驚きを隠せなかった。誰であっても王であるアーサーを殺したとされているランスロットを手助けしたのがばれたら、処罰される。それなのにマーハウスもランスロットを助けるというのだ。その信頼はどこからくるのだろう？

「俺もできるだけのことをするよ」

樹里は彼らの気持ちに引きずられるように、前を向こうと決意した。

マーリンは驚くべき行動力で街の広場に処刑台を設置した。木材を組み合わせて壇を作り、そこに首をくくる柱を置き、公開処刑を宣言したのだ。処刑の仕方は様々で、首を斬るのが一般的らしいが、マーリンは長くランスロットを苦しめるために首吊りを選んだ。

マーハウスとユーウェインはクミルについて調べた。ホロウの話では二週間前からクミルは姿を消したという。クミルがアーサーの死に関わっていることはほぼ間違いないだろう。薬草の知識が豊富なことと貴族の紹介状を持っていたことでホロウはクミルを従者として雇ったが、紹介状を書いた貴族に照らし合わせたところ、その貴族が先月亡くなっていたことが分かった。クミルが何者なのかは分からないままだ。

マーハウスたちはクミルの目撃情報を集めると、アーサーが亡くなった日、王都を出ていく姿を見た者が数名いた。八方ふさがりとはこのことだ。ランスロットを助ける手立ては失われた。

樹里は思い悩んでイグレーヌ皇太后のもとを訪ねた。皇太后はアーサーが亡くなってからこの国の指揮を執《と》っていることになっている。けれど実際はアーサーが亡くなったショックで寝込んでいた。

「樹里……、ああなんという……」

侍女に誘われて皇太后の寝室に入ると、げっそりとやつれた姿で皇太后がベッドから起き上がった。アーサーの母親である彼女はまだ四十歳くらいで、本来は白く美しい肌と金色の豊かな髪の持ち主だ。皇太后ははらはらと涙をこぼした。その涙につられて樹里の目にも涙が盛り上がる。

「皇太后、どうかそのままで」

　ベッドから下りようとする皇太后を止めて、樹里は傍に置かれた椅子に腰を下ろした。

「ちょうどよかった、あなたに話したいことがあったのです」

　樹里が話を始める前に、皇太后はほつれた髪を手で直しながら口を開いた。何だろうと思って首をかしげると、皇太后が樹里の手を握る。

「あなたのお腹にはアーサーの子がいる。けれどまだ生まれておりませんね」

　じっと見据えられて、樹里はどきりとした。皇太后の唇がかすかに歪んだのが分かったからだ。

「え、ええ。あの……」

「私は病弱で、いつどうなるか分かりません。アーサーの葬儀のことさえなかなか決められない有り様……。この国には王が必要です。強い王が。——樹里、私はこのような状況ですから、モルドレッドを塔から出して王位を継承させてはどうかしら」

　とんでもない発言に樹里はあんぐりと口を開けた。皇太后はずっとそのことを考えていたらしく、熱に浮かされるように言葉を綴《つづ》る。

「あの子が犯した罪はよく分かっています。けれど、今必要なものは王家の血です。あなたが王子を産むかどうかも分からない。モルドレッドは本当はとても優しい子なのです。きっとアーサーのいないこの国を救ってくれるでしょう」

　皇太后は樹里の手を強く握って熱く語る。モルドレッドはジュリにそそのかされユーサー王を殺し、国を転覆させかけた男だ。そんな男に王位を与えるなんて、頭がおかしくなったとしか思えない。

「ダンもマーリンも大神官も、私の意見に賛成してくれないの。どうかあなたが私の味方になって皆を説得してほしい。代理の身ではモルドレッドを王位に据える行使権はないのよ」

皇太后が冗談を言っているのではないと分かり、樹里はやんわりとその手をほどいた。さすがに罪人であるモルドレッドを王にするほど皆馬鹿ではない。とはいえ皇太后の言う通り、王家の血を絶やさないためにはモルドレッドは誰かを娶《めと》り、子を生《な》さねばならない。もし自分の子が生まれたとしても、同様に――。

樹里は無性に嫌気が差して、自然と腰を浮かしていた。

「樹里？」

皇太后にランスロットの件を相談するのは間違っていたと樹里は悟った。彼女は皇太后だが、とても狭い世界に生きている。この状況で息子を助けることしか頭にない。

「すみません、俺にはどうすることもできません」

樹里は顔をうつむかせ、逃げるように部屋を出た。侍女が何か言いたげに見ていたが、無視した。部屋の外で待っていたサンとクロを連れて長い廊下を歩いていると、宰相《さいしょう》のダンがやってきた。

「樹里様、皇太后は何かおっしゃられましたか」

ダンは長く白い鬚《ひげ》を手で撫でて、憂いを帯びた瞳で言った。その様子から皇太后の申し出に困り果てているのが伝わってきた。

「モルドレッドを王になんて……アーサーが許すはずがない」

樹里は眉根を寄せて呟いた。ダンがため息をこぼす。

「あなたの御子が王子で、すでに生まれていれば、状況は違ったのですが……」

残念そうにダンが言う。もし男児が生まれていれば、その子はキャメロット王国の王位継承権一位を有する。モルドレッドの王位継承権は、ユーサー王を殺した時点で奪われているのだ。だが、この国では男しか王位を継げない。

「ダン、これからどうなっちゃうんだ……？」

樹里は心細くなって情けない声を漏らした。アーサーがいた頃は何の心配もなかった。アーサー一人いなくなっただけで、この国は嵐の中に放り出された小舟のようだ。

「グィネヴィア様も臥《ふ》せておられるようです。ランスロット卿の処刑がショックなのでしょう。マーリン殿を止めることは、もはや我らにはできません。どうしてランスロット卿があのようなことを……」

ダンはランスロットのことを語る時だけ肩に力を込めた。マーハウスとユーウエィンはどうにかして第三者がアーサーを殺したことを証明できないかと躍起になっているが、あの時のランスロットを知っている樹里は自信がなかった。第三者がいたとしても、手を下したのはランスロットかもしれない。術に操られ、アーサーがいなければ樹里を手に入れられると思い込んでいたからだ。犯人がランスロットでなければいいと樹里も心底願っているが、真実は闇の中だ。

「明日にはランスロット卿は処刑される……本当にそれでよいのでしょうか。この国一番の騎士を殺してしまうなぞ……」

ダンは深く刻まれた眉間《みけん》のしわを指先で揉んだ。樹里が何か言おうとした矢先、第二騎士団隊長のバーナードが血相を変えて駆けてくる。

「ダン殿、お聞きになりましたか？　マーハウスとユーウエィンの件を」

バーナードは息せき切って言う。

「どうなされたのか」

ダンが困惑して聞き返す。二人の名前に嫌な予感がして樹里は身を乗り出した。

「二人がどうかしたのか？」

「これは樹里様。実は不審な動きありとマーリン殿が二人を牢に閉じ込めたのです」

バーナードの報告に樹里は唖然とした。

「二人を？」

ダンも面食らっている。

「マーリン殿は三日ほど牢に監禁するとおおせです。二人とも牢で暴れて大変らしいが……近頃のマーリン殿の行動はいかがなものか。アーサー王のお抱え魔術師とはいえ、そこまでの権限があるのか。我ら騎士団を処罰できるのは王のみ、魔術師ふぜいに牢に入れられるなど許しがたい」

バーナードは憤慨したように息巻く。マーリンはマーハウスとユーウエィンがランスロットを助け出そうとしているのを察したのだ。だから強引に牢に閉じ込めた。勘の鋭いマーリンならではの早業だ。マーリンにとって処刑の間だけ彼らを隔離できればそれでいいのだから。

「マーリン殿には私から話してみましょう」

ダンは重苦しく息を吐き答えた。国中に不穏な気配が広がっている。アーサーが亡くなった今、一致団結しなければいけないのに、皆ばらばらになっている。

(アーサー、どうすればいいんだよ)

樹里は泣きたくなってお腹を撫でた。何もかもが悪い方向に行くようだ。自分がどうすればいいかさえ分からない。アーサーに会いたい。会って、この状況を変えてほしかった。アーサーの明るさにどれだけ周囲の人間が救われてきたか、身に沁《し》みた。

明日、ランスロットは処刑される。

頼みの綱のユーウエィンとマーハウスは牢に閉じ込められている。樹里にランスロットを助けられるだろうか？　一人で一体何ができるのだろう。

(俺、いつも誰かに助けられてた)

頼りになる仲間がいた。アーサーやランスロット、マーリンという腕力においても頭脳においても一流の仲間が傍にいた。今は一人もいない。自分一人の力がどれほど小さかったか、今さらながら思い知った。

「クロ……」

落ち込んでいる樹里を慰めるように、クロが長い舌で手を舐《な》める。温かく柔らかい毛並みに顔を埋《うず》めて、樹里は途方に暮れた。

3 処刑 The Execution

ランスロットの処刑の日、空は厚い雲に覆われ今にも雨が降りそうだった。

樹里《じゅり》はどうにかできないかと、ぎりぎりまで牢《ろう》に続く廊下をうろついていた。けれどマーリンから通達があったらしく、樹里が忍び込もうとするとすぐに衛兵に捕まって王宮に戻されてしまった。クロとサンも同様で、なす術《すべ》はなかった。そうこうするうちに頭から麻袋を被せられ、縄をかけられたランスロットが牢から出された。

何とか王宮を抜け出してクロの背に乗って祈る思いで広場に向かうと、そこは人々の怒号や叫びであふれて肌がびりびりするほどだった。キャメロット王国中の民が押し寄せたのではないかというくらい、人で埋め尽くされている。中央に造られた壇上には、縛られて跪《ひざまず》いたランスロットの姿があった。ランスロットは簡素な麻でできたシャツと黒いズボンのみだ。ランスロットの両隣には衛兵が、背後にはマーリンがいる。

「殺せ、殺せ！」

「アーサー王を殺した罪人を殺せ！」

民は熱狂してランスロットの死を口にする。あれほど民から慕われていたランスロットが死を願われる様は見ていて寒気を催すものだった。多くの民は雰囲気に呑まれているだけかもしれないが、樹里は死刑を望む人々の声に吐き気がした。

「樹里様！　いけません‼」

どうにかして壇上に近づこうとすると、樹里に気づいた騎士たちが駆け寄ってきて険しい顔で止めた。騎士たちは一様に暗い面持ちだった。ランスロットの死を望む者ばかりではないことに、樹里は目を潤ませた。

「俺をあそこに連れていってくれ！」

樹里は必死で訴えた。このままランスロットを死なせていいのか。アーサーを殺したとすれば赦《ゆる》されない罪だが、まだ真実が明らかになっていないまま命を奪うのが正しいことなのか。

壇上にいたマーリンの指示に従い、衛兵がランスロットの首に太い縄をかけた。ランスロットは木箱に足をかける。マーリンが壇上から下り、衛兵がランスロットの足下の木箱を取り除いた。ランスロットの首を太い縄が締めつけた。ランスロットは吊るされる形になり、本能的にもがくように身体を揺らした。ランスロットの足は宙を搔き、絶望が樹里を襲った。民の「殺せ！殺せ！」という声に広場のボルテージは最高潮に達し、地鳴りがするほどだった。

――その時だ。空が一転して真っ黒になった。黒雲が広がったと思う間もなく、黒い大きな羽を持つ無数の鳥がどこからか飛んでくる。民が動揺する中、黒い鳥はランスロットを吊るす縄に群がり嚙み千切った。ほんの数秒の間に縄が切れ、ランスロットの身体が落とされる。意識を失っているのか、ぴくりともしない。

『ああ、なんと心地のいい空間か』

ふいに脳裏に響いたのは女性の甲高い声だった。樹里は恐ろしさに震えながら空を見上げた。黒い鳥に混じって現れたのは、豊かな黒い髪をなびかせた美しい女性だった。切れ長の瞳、赤い煽情的《せんじょうてき》な唇、母とそっくりの顔でありながら見ている者を凍りつかせる威圧感――魔女モルガンだ。モルガンは宙に浮いていた。

「た、大変だ……っ」

「魔女モルガンだ！」

「逃げろ！」

「モルガンだ、剣を取れ！」

騎士たちは剣を抜き、民はパニックになって逃げ惑う。

『憎悪が満ちるこの空間が私に力を与えてくれる。キャメロットの民よ、もっと叫ぶがいい』

モルガンはそう言うなり、手に持っていた大きな壺《つぼ》を広場に向けて放り投げた。その壺が割れるなり、中から黒くてくねくねした長いものがたくさん飛び出してきた。それは大蛇のようだった。けれどトカゲみたいな手足がついている。赤い目をして宙を飛び交うさまは、人々に恐怖を与えた。

「ぎゃあああ！」

魔物が手近にいた人間に食らいつく姿が目に入った。魔物の毒で、噛まれた人間は抵抗する術もなく倒れていく。

『とうとうこの国が私のものになる日がきたようだねぇ。この見目好《みめよ》い男……』

モルガンはすーっと人がいなくなった広場に降りてきた。そして意識のないランスロットを抱き上げる。樹里はその時モルガンの左目が傷を負っているのを見た。左目から血が流れている。

『そろそろ新しい伴侶《はんりょ》を探そうかと思っていたところ。妖精王のお気に入りを私がさらうのも一興……ふふ、はは……アーッハッハッハッハ』

モルガンはおかしそうに仰《の》け反《ぞ》って嗤《わら》いだした。モルガンが狂ったように嗤う間、魔物は次々と人々を襲う。阿鼻叫喚《あびきょうかん》の地獄絵図だった。

「樹里様！　危険です、お逃げ下さい!!」

樹里の周りにいた騎士たちが剣を構えて樹里を守ろうとする。このままではランスロットをさらわれてしまう。それに広場にいる人々を助けなければいけない。子どもは泣き叫び、老人は転んで真っ先に魔物の牙にやられている。騎士が剣や弓で立ち向かっているが、宙を自在に飛び回る魔物を仕留めるのは難しかった。

「そいつを返せ！」

モルガンの前に立ちはだかったのは杖を握ったマーリンだった。怒りに身を震わせ、呪文を唱えながら杖を振りかざす。大きな火の玉のようなものが杖から迸《ほとばし》ったが、モルガンは片方の手にランスロットを抱えると、杖で軽く振り払った。マーリンの投げた火の玉は、近くにあった木にぶつかり、一瞬にして葉や枝が燃え盛る。

「マーリン!!」

樹里はこの状況をどうにかしなければとクロに跨《また が》って飛び出した。騎士の間や騒ぎになっている民たちの間をすり抜ける。魔物が一匹樹里に向かって飛びかかってきたが、何故か樹里の近くまで来たとたん、壁にぶつかったように跳《は》ね飛《と》ばされた。

「樹里様‼」

樹里のあとを騎士たちが追いかけてくる。樹里は構わずにクロを広場の中央へ走らせた。マーリンとモルガンは互いに術を操り火の玉をぶつけあっている。だが、モルガンのほうが強いことは間違いなかった。モルガンの放つ光を当てられ、マーリンは全身に傷を負い、足がよろめいていた。

『ほほほ、私に敵うとでも思ったのですか。お前などいつでも簡単に殺せるのですよ』

モルガンはそう言うなり、杖をくるくると回した。マーリンが首を押さえ、苦しげにのたうち回る。マーリンの手から杖がこぼれ、赤黒く変色していく顔は、死を予感させた。

「待て、モルガン‼」

樹里は何とかしてこの闘いを止めようと二人の間に飛び込んだ。樹里の姿にモルガンの美しい顔が大きく歪む。

「——樹里、お前……」

モルガンの声が脳ではなく直接耳に響いてくる。モルガンは樹里を見るなり、カッと目を見開いた。そして杖の先を樹里に向けてくる。恐ろしい攻撃がくる、と身構えた樹里だが、何か大きな塊《かたまり》がきたと思ったのに、横に逸れていった。呆然として焦げている横の木を振り返る。

「王家の子を宿したか……!! 忌々しい奴め、この国は私のものだというのに！」

モルガンは歯ぎしりをしてなおも杖を振りかざしてきた。しかしどんな魔術も樹里を傷つけることはなかった。これはチャンスだと樹里はクロの脇腹を蹴った。ところが樹里を乗せていたクロが苦しそうに暴れだし、樹里を地面に落とした。

「クロ⁉」

樹里はびっくりしてクロを見た。クロは泡を吹きながら身悶《みもだ》えていたと思うと、突然両目が赤く光り、モルガンの傍に駆け寄っていく。

「クロ、行くな！ 戻ってこい!!」

樹里は力の限り叫んだ。けれどクロはモルガンの愛玩獣のように寄り添っている。

「少し力を使いすぎたか……」

モルガンは目を細め、小脇にランスロットを抱えると、宙に浮かび上がった。そして上空から杖をゆらゆらと揺らす。

『今日でキャメロットは滅ぶのです』

モルガンの甲高い声が脳に響き渡った。それを裏付けるように空から黒い雨が降ってきた。黒い雨は樹里の身体を避けるように落ちる。この雨が危険なものだと樹里は察知した。

「クソッ、待て！ そいつを……っ、そいつを置いていけ!!」

ぼろぼろになって地面に倒れ伏していたマーリンが、去っていくモルガンに声を張り上げる。

モルガンはランスロットとクロを連れて消え去った。樹里はもがくマーリンを摑み、必死に黒い

雨を避けられる場所へ引っ張った。黒い雨は毒に似た成分があるらしい。軽装だった民が次々に倒れていく。

「屋内に避難しろ！　ここから逃げるんだ‼」

樹里は立ち往生している民に怒鳴った。幸いなことに黒い雨は少しすると止んだ。広場では魔物がまだ人々を襲っている。騒ぎを聞きつけて城からやってきた騎士たちが、その光景に愕然《がくぜん》とする。

「樹里様！　これは一体……っ」

バーナードが真っ青になって樹里に駆け寄る。

「気をつけろ！　モルガンの放った魔物だ！」

樹里が叫ぶと、騎士たちは雄々しくも魔物に立ち向かった。魔物は真っ二つに裂けば死に至るが、尻尾《しっぽ》を切ったくらいではすぐに再生する。樹里は暴れるマーリンを騎士に頼み、生き残った人々を安全な場所に逃がそうとした。魔物は宙をすいすいと自由に動き、人も家畜も見境なく襲っている。この世の地獄だった。魔物が散り散りになった頃、樹里はバーナードの馬に乗せられ王宮に戻った。

「ご無事でしたか、樹里様」

王宮でダンと落ち合い、無事を確かめ合う。その時、城の窓から魔物が王宮の手前で何かに弾かれたように横に逸れていくのが見えた。

「かの魔物は王宮に入れないようですな」

目敏く気づいたダンが、騎士に「王宮が安全だと人々に触れ回れ」と指示する。

「大変なことになった……」

樹里はすがるように呟いた。人々の叫び声や悲鳴がここまで聞こえてくる。まさかランスロットの処刑に魔女モルガンが出現するなんて思わなかった。ランスロットとクロが奪われ、魔物が王都に放たれた——。

これからどうなるのか、樹里には何一つ分からなかった。


モルガンのもたらした黒い雨は、少しの間しか降らなかったのに王都の水源をほぼ破壊した。水は毒に侵され、畑は全滅し、家畜は魔物にやられた。魔物は夜になるとよりいっそう活発になり、人々を襲った。王宮と神殿に魔物が入れないと分かると、樹里は生き残った人々をすべて受け入れるよう指示した。

キャメロットは一日にして滅びの一歩手前まできていた。

樹里がモルガンの魔術にやられなかったのは、お腹《なか》の子が王家の血を引いているからだろう。お腹の子は樹里を守っている。

この状況を絶望したのか、皇太后は病状が悪化し、昏睡状態に陥った。何もかもがめちゃくちゃで、どうやって立て直したらいいか分からなかった。その上、夜が明けると、マーリンが旅立つと言いだした。

「マーリン、何を言っているんだ⁉　この状況を見てみろ！　キャメロットが大変なんだぞ、今こそお前の力が必要な時じゃないか‼　あの魔物を倒す方法を一緒に考えてくれ！」

荷物をまとめて王宮を出ていこうとするマーリンに、樹里は怒りを覚えて止めた。

「そんなことはどうでもいい。私はランスロット卿を殺す。話はそれからだ」

マーリンは何かにとり憑《つ》かれたように、ギラギラした目で吐き捨てた。

「それこそ今はどうでもいいことだろう⁉　マーリン、お前はこの国を見捨てるのか‼」

王宮の渡り廊下で言い合いをしていると、騎士たちが騒然として集まってくる。

「マーリン殿、どこへ行かれるのですか？」

「マーリン殿、なにとぞあの魔物を……」

騎士たちも出ていこうとするマーリンに困惑している。マーリンは腕を摑んだ樹里を振り払って目を吊り上げた。

「私にとっての国は、アーサー王だった！　アーサー王亡き後のキャメロット王国など、私の知ったことではない‼　私はランスロット卿を殺す！　あいつの命を奪わない限り、私は生きている価値がないのだ‼」

マーリンは激しく叫ぶなり、王宮を出ていってしまった。騎士が追いかけたが、魔物に阻まれすごすごと戻ってきた。樹里はマーリンに腹が立って腹が立って仕方がなかった。アーサーを失った悲しみは樹里も同じだが、目の前で次々と人が死んでいくのを見過ごせるはずがない。ここはアーサーの愛した大切な国だ。王都にはびこる魔物を退治しないと、国が滅びてしまう。昨日一日でさえどれほどの民の命が喪《うしな》われたか分からない。魔物を退治しに行った騎士を何十人も喪ったのだ。

「あの馬鹿……、畜生、馬鹿野郎‼」

樹里は悔しくてたまらなかった。マーリンはランスロットを殺すことにばかり執着して、頭がおかしくなっている。

「樹里様、この国はどうなっちゃうんでしょう……」

傍にいたサンが不安そうに呟く。樹里には何も答えられなかった。

「樹里様、当座のことを考えねばなりません。どうか、会議の間へ」

ダンが険しい表情で樹里を呼びに来る。王もいない、魔術師もいない、国を守る騎士も減っていく。この国がどうなっていくか誰もが不安に蝕《むしば》まれている。

（アーサー、助けてくれよ）

樹里は涙を堪《こら》えながら会議の間へ急いだ。すべての物事は悪いほうへ悪いほうへと向かっているようだ。いつもなら樹里を慰めてくれるクロの姿もない。

本当にこの国は滅びるのかもしれない。

そんな考えが頭を過《よ》ぎり、樹里は目の前が真っ暗になった。

4　救世主

The Christ

ランスロットの処刑の日を境に、キャメロット王国は変貌《へんぼう》した。魔女モルガンはいくつもの厄災を王都に落としていったのだ。魔物は人や家畜を殺すたびに数を増やし、徐々に王都から近隣の村へと襲撃範囲を広げた。騎士や神兵が何度も退治に赴いたが、犠牲者が増える一方だった。魔物に対する有効な手立てはなく、水は汚染され、畑は全滅した。その最中に病状が悪化して、皇太后も亡くなった。

王都にいた人々は王宮と神殿に避難していたが、食糧の備蓄にも限界があった。唯一の救いは神殿の湧水が汚染されなかったことだ。これがなかったら、あっという間に全滅していただろう。モルガンが王都を破壊した日から一カ月経ち、二カ月経ち、何もできないまま半年が過ぎた。大神官は毎日祈りを捧げているが、助けはどこからも来なかった。中庭で細々と芋《いも》や小麦を育てているが、避難した人たちを腹いっぱい食わせるほどの量は穫《と》れない。倉庫の備蓄はまだあるが、残った民を永遠に食べさせるほどの量はない。

そして再び冬を迎えた時、王宮と神殿を覆うように黒い霧が漂うようになった。黒い霧は敷地内に入ろうとするように一帯を覆っている。おそらく魔女モルガンが王宮に残っている樹里《じゅり》たちを殲滅《せんめつ》するために施した術なのだろう。黒い霧は魔物にとって活力源となるらしく、霧が出るとより活発になって人間を襲おうとする。王宮と神殿には魔物が入れない術が施されているらしいが、それがいつまで保《も》つかも分からなかった。

もう一つ、困ったことがあった。マーリンは王宮を出ていく際、アーサーの遺体が安置された部屋を術で封印してしまったのだ。そのせいで葬儀もできなければ、中がどうなっているのかも分からない。マーリンはあれ以来一度も戻ってこない。

「皆、聞いてくれ。春になったら俺は妖精王に助けを求めてラフランへ行こうと思う」

何度目か分からない虚しい話し合いを重ねたある日、樹里は決心して切り出した。頼れる仲間がすべて消えた今、妖精王は最後の望みだった。魔女モルガンと対峙《たいじ》できるのは妖精王しかいない。

「そんな無茶な、危険です。反対です」

円卓に集まったのは騎士団の主だった騎士と宰相《さいしょう》、大神官と神官、有力な貴族皆が、樹里の申し出に大反対だった。

「あなたのお腹《なか》にはアーサー王の忘れ形見がおられる。そのあなたを危険な目に遭わせるなど許されない」

ダンは一歩も引かぬ態度で言う。

「でも俺には王家の守りがあるから魔物にやられることはない。逆に子どもがいる今しかできないんだ。俺が思うにラフランの地は汚染されていないはずだ。妖精王が守っているあの地が魔物の穢《けが》れを受けるわけがない。俺は妖精王に会って、この状況を打破できる方法がないか聞いてきたい。本当は今すぐ出たいけれど、ただでさえ雪が積もっている道を行くのは難しいから春を待つ。もちろんラフランまで襲われていたら、皆にはさらなる絶望を与えてしまうかもしれないけど……」

樹里は椅子から立ち上がって力説した。魔物が樹里を襲えないことはすでに周知の事実だ。妖精王に助けを求めることができるのは、現状、樹里だけだ。

「確かにそれは……しかし」

ダンは渋い面持ちで皆を見回す。ダンの言いたいことは分かる。魔物には強くとも、それ以外の敵に対して樹里は無防備だ。もし魔女モルガンが樹里が王宮を出たと知ったら、直接術はかけられなくともあらゆる手立てで樹里を始末しようとするだろう。こんな時クロがいれば樹里を乗せて風のようにラフランまで運んでくれただろうが、樹里一人でラフランの地に辿り着けるかどうかは賭けだ。

「樹里様、どうか我らをお供に加えていただけませんか」

出席者がざわめく中、立ち上がったのはユーウエィンだった。ユーウエィンはきりりと顔を引き締め、ほぼ同時に立ち上がったマーハウスの肩を抱いた。マーハウスはいたずらっぽい光を目に宿し、ぐっと親指を立てる。

「俺たちが必ず樹里様をラフランに導きます！」

「二人とも……」

樹里はこの悲観的な状況でも明るさを失わない二人に感銘した。

「危険な旅だ……、しかし我らは決断しなければならないのでしょう。残された手立ての中でもっとも有効な道を」

ダンが苦笑して立ち上がった。円卓の間にいた者がそれぞれ立ち上がる。皆の視線が集中し、樹里は決意を新たに頷いた。

「必ず、良い報告を持って帰る」

これが最後のチャンスかもしれない。不安と闘いながら樹里は前を向いた。


暦の上で春を迎え、雪が融《と》けた日、樹里たちは王都を出た。出発は日の出と同時だった。魔物は夜、活動的になり、太陽の力で弱まる。かろうじて生き残っていた馬が二頭用意された。樹里はユーウエィンとマーハウスの馬に交互に乗せてもらうことになった。二頭の馬はなるべく近くを走ることが重要だ。樹里がいれば魔物を避けることができるだろう。

麻袋にわずかな食料を詰め、たすき掛けにして持つ。本来なら春のキャメロットだが、空はどんよりとしている。黒い霧のせいで昼間も晴れることがないのだ。

「樹里様、気をつけて下さいね、僕もお供したかったです」

サンはずっと悔しげに繰り返していた。樹里は大丈夫だと何度も答えた。

翌朝、ユーウエィンとマーハウスは甲冑《かっちゅう》を身につけ、騎士団の紋章入りのマントを羽織っていた。二人とも戦地に赴く時のように研ぎ澄ました空気をまとわせている。樹里はサンとハグをして、皆に見送られて出発した。

「ひどい有り様だ」

王宮の吊り橋を過ぎてすぐ、樹里を背後に乗せたユーウエィンが陰鬱《いんうつ》に呟いた。ユーウエィンが呟くのも無理はない。王都を駆けている間、荒れ果てた街並みを見る羽目になったからだ。人がいなくなり寂れた民家や、崩れた店先、獣の死骸《しがい》、死臭があふれている。荒廃した王都は以前の活気ある王都と同じ場所とは思えなかった。アーサーの愛した王都が廃都と化した様子は胸が締めつけられるほどつらかった。アーサーに申し訳なくて、目が熱くなる。

（いつまでもこんな弱い俺じゃ駄目だ。アーサーのためにも頑張らなきゃ）

しんみりしそうになる気持ちを振り払い、樹里はしっかりと周りを見た。

「魔女一人にここまでやられてしまうのか」

マーハウスは憤慨した声音で馬を走らせている。石畳が敷かれた通りを走っていると、崩れた建物の陰から魔物が現れた。

「飛ばすぞ！」

ユーウエィンが怒鳴り、マーハウスが馬の腹を蹴って速度を上げる。マーハウスは魔物に追いつかれないように後方を窺《うかが》いながら馬を走らせる。魔物は樹里たちという獲物を見つけ、辺りからいっせいにわらわらと出てきた。

「ひぃ！」

樹里は必死になってユーウエィンにしがみついていた。サラブレッド並みに通りを走り抜ける馬を、ユーウエィンは器用に操る。距離が開いていた魔物はその速さに追いつけなかったが、前方から出現した魔物が牙を剝いて襲ってきた。

「気をつけろ！」

「分かっている！」

ユーウエィンとマーハウスは剣を抜き、馬の鼻面に嚙みつこうとする魔物を剣で振り払った。切れ味の鋭いユーウエィンの剣は魔物を引き裂いて後方に置き去りにしていく。マーハウスは馬の手綱を放し、両手に剣を持ち、襲い掛かる魔物を切り裂いた。

「すごっ」

樹里はユーウエィンにしがみつくことしかできずにいたが、二人とも腕の立つ騎士だけあって素晴らしい闘いぶりだ。特にマーハウスは怪力で、重そうな剣をぶんぶん振り回している。

「あいつの脳は筋肉でできているんですよ」

啞然とする樹里に、ユーウエィンが涼しげに教えてくれた。遠回しに褒《ほ》めているのか、それとも揶揄《やゆ》しているのか。二人の馬がぴったりと息が合って並走する様を見て、樹里は感心するばかりだった。

樹里たちを乗せた馬は休むことなく走り続けた。王都を抜けると、わずかだが魔物の数は減った。近隣の村に生き残っている者もいるだろうが、今はそれを確かめる術《すべ》はない。昼過ぎに見晴らしのいい街道で休憩をとると、樹里は今度はマーハウスの馬に乗って移動した。夜間は魔物が活発になるので、隠れる場所がない限り走り続けるしかない。馬の体力が心配だ。王都からラフランまで全速力で馬を駆ければ二日弱で着ける。とはいえ、現実にそんな走り方をすれば、馬は命を落としてしまうだろう。それに樹里は身重の身体だ。二人は樹里の身体を気遣って、魔物が近くにいない時はスピードを弛めた。

その夜は幸運にも石造りの頑丈な小屋を見つけることができた。焼き物をするための小屋らしく、窓はなく、木戸を閉めれば魔物は入ってこられない。魔物は木戸は破壊できるが、石は破壊できないのだ。馬も小屋の中に入れ、ひとまずの休息を得た。

「樹里様がいるからでしょうか。魔物が木戸を破れないのは」

木戸の隙間から外を覗き、マーハウスが目を丸くして言った。樹里は木戸にもたれかかるようにして小屋を守っていた。魔物が侵入した時のために剣を構えていたマーハウスだが、魔物が木戸の前で向きを変えて去っていくのを知り、目を輝かせる。

「俺というより、子どもじゃないかな」

樹里は先ほどからお腹の辺りがもぞもぞしているのを感じて言った。多分魔物を追い払っているのはお腹の子だ。

「さすがアーサー王と神の子の御子、不可思議な力を持っているのですね」

ユーウエィンは小屋の中に使えるものがないか探しながら笑う。

「アーサー王に似た御子が生まれるとよいですね。いつ生まれるのでしょう？　アーサー王が生きていればどれほど我が子の顔を見たかったことか……」

マーハウスは剣を下ろして、しんみりした様子で樹里のお腹の辺りを見つめる。樹里も黙ってお腹を撫でた。マーリンに子どもがいると言われてから一年以上経過している。ふつうならばとっくに生まれているはずだが、一向にその気配はない。たまに動いているのを感じるから生きているのは間違いないが、どうなっているのか知りたいのは樹里も同じだ。

「居心地がよいとは言えませんが、問題はないようです。とりあえず我らは交代で寝ますので、樹里様はお休み下さい」

小屋をひとしきり見て回ったユーウエィンは、肩をすくめてどっかりと床に腰を下ろした。

「え、でも俺も」

自分は二人の馬に乗っていただけで何もしていないのに、と樹里が口を挟むと、二人して同時に「お休み下さい」と声を揃える。

「分かったよ、じゃあ遠慮なく」

二人の騎士にすごまれては拒めない。藁《わら》を敷いてもらうと樹里は身体を丸め、横になった。ずっと馬に跨《また》がっていたので、腰も尻も痛い。しかしここまでの道は無事に来られた。明日にはラフラン領の境界線までいけるだろう。城までは距離があるが、ラフラン領に着けば彼《か》の地《ち》がどうなっているか分かるはずだ。

「……ユーウエィン」

うとうとしかけた頃、マーハウスの低い声が聞こえてきた。

「ランスロット卿はどうなったのだろう」

マーハウスは小声で話している。ランスロットがモルガンに連れ去られた日、キャメロットの民は「やはり魔女モルガンの手先だった」といっそうランスロットへの憎悪を深めた。ユーウエィンとマーハウスだけはランスロットの無実を信じている。

「生きておられるといいな。いや、生きていたら地獄の苦しみかもしれない。私の知っているランスロット卿なら、だが……」

ユーウエィンはため息をこぼして言う。

「俺は悔しいよ。ランスロット卿を悪く言う者には、腹が立って仕方ない」

マーハウスは拳を手のひらで受け止め、口惜しげに言う。

「それは私も同じだ。だが、どうすることもできない。我らだけでもランスロット卿を信じよう」

ユーウエィンが優しく説いて、マーハウスの背中を叩いた。樹里は盗み聞きしているような気分になり、ぎゅっと目を閉じて眠ろうと努めた。ランスロットは幸せ者だ。こうして信じている人がいる。

疲れていたのか、すぐに眠りに落ちた。アーサーとクロと野山を走り回っている夢を見ていて、起きた時には目元が濡れていた。アーサーのいない朝を迎えるのは何度目だろう。早く慣れなければと悲しみに、目元を擦った。


街道をひた走ると、ところどころに白骨化した死体を見かけた。魔物は骨以外、全部食いつくすため、男とも女ともとれない骨がごろごろ転がっていた。空には鳥の姿さえない。

幸運にも昼過ぎまで魔物には出くわさず、順調な旅を続けた。日が暮れ始めて、あとわずかな距離でラフランの地に入るという時、樹里たちは最後の難関に出くわした。

「多いな……」

遠目にうねうねと動き回る魔物の姿を発見し、ユーウェインは馬を止めて木陰に移動した。マーハウスの馬に乗っていた樹里は、目を凝《こ》らしてラフラン領の境界線に蠢《うごめ》く魔物を見る。魔物はラフランの地に入ろうとして、何度も身体を弾き飛ばされている。見えないバリアがあるようで、魔物は周囲をうろうろするばかりだ。

「やっぱり、ラフランの地は守られているんだ！　王宮や神殿と同じように！」

樹里は嬉しくなって甲高い声を上げた。魔物が多いのは何とかしてラフランの地にいる生き物を食らおうとしているせいだった。

「ここまで来た甲斐《かい》があろうというものですね。この報告を早く皆に知らせたいものです」

ユーウエィンも笑顔になって言う。

「しかし、入れなければ意味がない。全速力で突破するにも数が多すぎるぞ。樹里様が守れる範囲を考えると、ゆっくり進んでも微妙に足りない」

マーハウスが唸《うな》り声《ごえ》を上げて言った。樹里が守れる範囲は、馬一頭分くらいだ。ぴったり寄り添ってももう一頭の馬の頭や尻がはみ出てしまう。道中魔物が少なかったのは、ここに集まっていたせいかもしれない。あと少しという距離にいるのに、目の前の黒い塊《かたまり》が邪魔をする。馬を捨てるかという話も出たが、騎士にとって馬は命同然で、二人とも頑《かたく》なに拒否した。

「樹里様を乗せた俺が先に行き、魔物を引きつけている間にユーウエィンが突破しろ」

マーハウスが馬越しにユーウエィンに言う。

「それではお前が危険だ」

ムッとしたようにユーウエィンがマーハウスを睨《にら》みつける。

「俺は樹里様がいるから平気だ。いいか、決めたぞ」

マーハウスはユーウエィンの了解を得ず、いきなり走りだした。樹里はびっくりしてマーハウスの腰を摑んだ。

「待て！」

焦った声でユーウエィンが止めるが、マーハウスは聞いていない。雄叫《おたけ》びを上げて剣を抜き、魔物の列に突っ込もうとする。

「おい……っ」

無謀な真似をするマーハウスに焦り、樹里は前方を見た。近くにあった小屋から人が出てきて、樹里たちを見て驚きの声を上げる。

「かかってこい、魔物どもが！」

マーハウスに気づいた魔物がいっせいに向きを変えて飛びかかってくる。王家の血に守られていると分かっていても恐ろしくて、樹里は身を縮めて後ろを振り返った。ユーウェインが呆れたそぶりで馬を迂回させながら走らせる。

「ぎゃっ」

魔物は四方八方から襲い掛かってきた。マーハウスはすごい勢いで剣を振り回していたが、馬は進もうとするたび魔物に足止めされて右往左往する。そうこうするうちに馬が激しくいななって前脚を掲げた。

「わぁあああ！」

樹里は体勢を崩され、地面に転がった。マーハウスが「樹里様！」と叫び、剣で魔物を薙《な》ぎ払《はら》う。

「俺は平気だ！」

マーハウスが樹里を助けるために馬を反転させようとしたが、魔物がマーハウスの乗った馬に群がってきて、パニックになった馬が走りだす。魔物の数が多すぎて、あっという間に馬の両脚を噛まれた。馬は悲痛ないななきを上げて、地面にどうっと倒れた。

「クソッ」

マーハウスが馬を捨て、駆けだす。剣で薙ぎ払うが、群がってきた魔物の牙がマーハウスのマントを千切り、脛当《すねあ》てに別の魔物が嚙みついた。

「マーハウス！」

マーハウスが脛に嚙みついた魔物を剣で払おうとすると、それよりも早く矢が魔物の目を射貫《いぬ》いた。見るとラフランの地に入ったユーウエィンが弓矢を構えて魔物に狙いを定めていた。ユーウエィンだけではない、小屋から現れた男たちが次々と魔物に矢を放つ。樹里がマーハウスに近づくと、ユーウエィンが手を上げ「止めろ！」と矢を制した。

「嚙まれたか⁉」

樹里はマーハウスと一緒になって走りながら大声を上げた。

「大丈夫です！　脛当ては壊れましたが！　樹里様、失礼」

マーハウスはそう言うなり、樹里をひょいと抱き上げ、全力で走り出した。樹里もその意図を悟り、マーハウスにがっしり抱きついて魔物避《まものよ》けの役目を果たす。

「あっぶなかったぁー‼」

ラフラン領の境界線を越えると、マーハウスは地面に転がって大の字になって荒い息を吐き出した。魔物は樹里たちに逃げられ、未練がましそうに周囲をうろついている。魔物にやられた馬は、無数の魔物によって、あっという間に骨になった。結局馬を犠牲にしてしまった。

ユーウエィンは弓矢を放り投げてマーハウスに駆け寄ると、胸ぐらを摑み、ぽかりと一発頭を殴った。

「いってぇよ！」

マーハウスが頭を押さえて悲鳴を上げる。

「痛いじゃない！　樹里様を落馬させるとは、この馬鹿者が！」

ユーウエィンはさらに一発マーハウスに頭突きを食らわす。

「お前の無謀さには呆れる！　樹里様に何かあったらどうする気だ！　この単細胞が!!」

ユーウエィンは目を吊り上げて怒っている。樹里は「そ、その辺に……」と小声で止めた。

「結果よければすべてよしだろ。樹里様もお前も俺も無事だった」

マーハウスは呑気なものだ。脛当てはぼろぼろに砕け、首の皮一枚で繋がっているだけなのに。

「樹里様、樹里様ではないですか」

助かってよかったと胸を撫で下ろしていると、青年が声をかけてきた。もじゃもじゃした髪とそばかす顔の男——以前ラフラン城で世話になったランスロットの使用人のショーンだった。

「ショーン！」

樹里は懐《なつ》かしさと嬉しさで涙を滲《にじ》ませながらショーンの手を取った。他の男たちも樹里の姿に、驚いている。

「領土の外に魔物がはびこり、王都はどうなっているかと心配していました。ラフラン領を一歩出ると魔物にやられてしまうので、情報が得られなかったのです。ご無事だったのですね、よかった」

ショーンは樹里の手を握り、涙ぐむ。

「樹里様、お聞きしたいことがあります。アーサー王が死んだというのは本当なのですか？　しかもランスロット様が討ったと……。逃げ込んでくる者たちは皆同じことを言っております。我々はそのようなことはあるはずがないと……。ランスロット様は魔女モルガンと逃げたと言う者もおります」

ショーンと傍にいた男たちは悲愴《ひそう》な顔で樹里を見つめる。樹里は言葉もなくうなだれた。

「そんな……」

何も答えられない樹里にショーンはショックを受けてよろめいた。男たちも不安そうに顔を見合わせる。

「モルガンがランスロットを連れ去ったのは本当だ。でも一緒に逃げたわけじゃない。ランスロットをさらったんだ。あの日、ランスロットは処刑されるはずだった。ラフランの民を頼むと俺は言われていた……」

樹里は悲痛な面持ちでショーンに事実を告げた。ラフラン領の民は皆領主であるランスロットを慕っている。その領主が裏切ったと聞かされるのは酷なことだ。

「今、キャメロット王国は滅びかけている。だから俺たちは無理をしてここまで来たんだ。――妖精王に会うために」

樹里は声に力を込めて言い切った。ユーウェインとマーハウスが背筋を伸ばして頷く。ショーンたちは言葉もなくしばし立ち尽くしていた。

ラフラン領は以前とほとんど変わりがなかった。この地域だけは緑は青々と伸び、空は青く澄み、ラフラン湖は光に輝き穏やかな姿を見せている。今の季節が春だということを、樹里たちはここに来てやっと実感した。大地には明るい日差しが降り注いでいて、王都で起きた出来事が嘘のようだ。

ショーンに連れられて城に着く頃には辺りはすっかり闇に包まれ、松明《たいまつ》の明かりが樹里たちを出迎えた。

ランスロットがいない間は、ランスロットの叔父に当たるホリーが城を守っている。ホリーは温和な四十代の男性で、生まれつき身体が弱い。城では顔見知りの使用人たちが樹里たちの無事を喜んでくれた。肉や魚、新鮮な果物や野菜、ラフラン領内で穫れる小麦は妖精王の加護を受け、例年通り育ち、領地の人間は豊かな暮らしを送っている。領民の関心ごとはもっぱらランスロットについてで、王都で起きたことが真実だと分かると誰もがショックを隠しきれない様子だった。

「では今は誰がこの国を束ねているのですか」

ショーンは食後のお茶を淹《い》れて、困惑したそぶりで尋ねた。

「皇太后様もお亡くなりになり、今は樹里様や宰相、大神官といった面々で話し合って決められている。王のいないこの国がこの先どうなるのか、我らにも分からぬ」

ユーウエィンは目を伏せて答えた。

「俺たちは妖精王にお目にかかるためにやってきた。この国に巣くう魔物を退治しなければ、どうにもならない。明日にでも会いに行くつもりだ」

マーハウスはやる気に満ちている。マーハウスの言う通り、王都にいる民を思えばゆっくりしている時間などない。

「あの魔物は脅威です。我々もラフラン領から出られないという悩みを抱えております。矢が貫いても絶命させるまでには至りません」

ショーンはそう言って悩ましげに樹里を見た。

「神の子の力でもどうにもならないのですね」

「ああ。だが、樹里様を襲うことはできないようだ」

マーハウスは自分のことのように誇らしそうに胸を張る。本来なら樹里が魔物退治に出るのだが、身重の身では戦うのは難しい。

「分かりました。妖精王に手紙を送りましょう」

ショーンはそう言って準備しようとしたが、樹里はそれを止めた。何となく予感がして、手紙を送らずとも森に行きさえすれば妖精王に会える気がしたのだ。

「明日、森に行く。きっと妖精王は俺の呼びかけに応《こた》えてくれる。もし会えなくても、俺が手紙を置いてくるよ」

樹里のきっぱりした口調にショーンたちは驚いたが、神の子である樹里の言葉には不思議と説得力があった。

その日は城で夜を明かし、翌日、太陽が真上に上がった頃、樹里は妖精王に会いに出かけた。ユーウエィンとマーハウスも一緒に行くと主張したので、死んでしまった馬の代わりを調達して城を出た。

妖精王はラフラン湖の横に広がる広大な森に姿を現す。森まで行くと、樹里たちは一番高い木がある辺りで馬を木に繋いだ。足元には白や黄色の小さな花が咲き乱れている。鳥や虫、木の陰から四本脚の獣も姿を覗かせる。

「妖精王の力はすごいのですね。ここは別世界のようだ……。何故、妖精王は王国の魔物を一掃して下さらないのか」

マーハウスは落ち葉を踏みながら呟いた。樹里もそうしてくれたらどれほど助かるだろうと思ったが、何となく妖精王はしてくれないだろうとも思っていた。

木々はあらぬ方向に枝を伸ばし、地面に生える根っこは異様な形にねじ曲がっている。この森は奥に進むにつれ、方向感覚が失われていく。

「あ」

樹里は誰かに呼ばれた気がして、空を見上げた。視界に金色の光が過《よ》ぎる。それは徐々に増えていき、光の筋を空に作った。妖精王がやってきたのだ。

樹里がその場に跪《ひざまず》くと、後ろにいたユーウエィンとマーハウスも慌てて膝を折った。妖精王は真っ白な一角獣に乗って樹里たちのいる場所まですーっと降りてきた。長く豊かな髪の上には荊《いばら》の冠を戴《いただ》き、彫像のように白く整った顔を樹里たちに向ける。宝石のように美しい翠《みどり》の瞳で見つめられると、樹里は我知らず涙ぐんだ。

「よく来てくれた」

妖精王は一角獣から降りるなり、不思議な声で言った。妖精王の声は二重にも三重にも重なって聞こえる。その言葉で、やはりここに来たのは正しかったと樹里は確信した。

「妖精王、今、王都は……」

樹里は嗚咽《おえつ》がこみ上げそうになって、唇を嚙んだ。妖精王が音も立てずに近づき、樹里の額に手を当てた。妖精王の手から優しい光が降り注いでくる。それは温かくて心地よくて、樹里は傷ついた心が癒されていくのを感じた。

「分かっておる。アーサーのこと……残念だった」

妖精王の口からアーサーの名前が出ると、樹里は涙をこぼしていた。背後にいたユーウェインとマーハウスも同じように泣いているのが息遣いで分かった。

「先に言っておくが、我の力は無限ではない。無から有を生み出せるものでもない」

妖精王はそっと樹里から手を離すと、静かに告げた。樹里は唇を震わせた。希望を述べる前に無理だと言われている気がしたのだ。

「ラフラン領を守っているとはいっても、妖精を守るために、ここにいるすべての生命から少しずつ命を受け取り、成し遂げているだけのこと。キャメロット王国にはびこる魔物をすべて消し去ることはできない」

マーハウスが「そんな……っ」と腰を浮かす。

「正確に言えば、それはしてはいけないこととなっている。それは我が人間界をコントロールすることに他ならない。我はたとえどんな方向だとしてもこの世界を支配してはいけない。それは魔女モルガンと同じことになるのだから」

　樹里は胸を衝《つ》かれて妖精王をじっと見つめた。妖精王の言葉を理解するのは難しかったが、人間界に手を出すのは禁じられているのかもしれないと思った。人間界のことは人間でどうにかしなければならないのだろう。

「だが、道を示すことはできる。――これより半年から一年の間に、魔術師マーリンが王宮を訪れるだろう」

　妖精王は慈しむように樹里を見つめて言った。

「マーリンが⁉　マーリンはどこに行ったか分からないんです、ランスロットを殺すと言って飛び出したまま……。そのマーリンが戻ってくるんですか？」

　樹里は驚いて眉根を寄せた。出ていった時のマーリンの様子から、ランスロットを殺さない限り戻ってくるとは思えなかった。いや、たとえランスロットを殺したとしても、アーサーのいない王宮にマーリンは戻らない気がした。

「訪れるのはこの時代のマーリンではない。樹里、お前はもう一人の自分と会うだろう。言っている意味が分かるな？」

　妖精王に心の奥まで見透かされるような目で見下ろされ、樹里は戸惑って瞬《まばた》きした。その瞬間、ハッとひらめくものがあった。マーリンは時渡りの魔術を使う。もしかして、別の次元からマーリンと自分がやってくるというのか。

「魔物はマーリンが退治してくれるだろう。彼らが訪れる正確な日付は言えない。それは不確定要素なのだ」

妖精王が断言し、ユーウエィンとマーハウスが希望の光を見出して顔を輝かせた。

「分かりました、ありがとうございます。妖精王、まだ聞きたいことが。その、俺の……子どもなんですけど」

樹里は気になっていた例の件を切り出した。すると妖精王は樹里の腹部に目をやり、かすかに長いまつげを震わせた。

「その子はまだお前の中に留まると言っている。今、外に出れば、お前と残った民を守れないと。魔物が片づき、もう一度ここへ来た時……、我がその子を取り出そう」

妖精王が憂いを帯びた瞳で言った。長い間お腹にいるので不安だったが、妖精王の言質《げんち》が取れて心から安堵した。

「妖精王、どうか教えて下さい！　ランスロット卿は本当にアーサー王を殺したのですか⁉」

妖精王が去る気配を感じとり、マーハウスが勢いよく立ち上がって叫んだ。ユーウエィンは「無礼だぞ」と焦ってマーハウスのマントを引っ張る。妖精王はマーハウスの声が聞こえなかったかのようにひらりと一角獣に飛び乗った。

「――ランスロットには失望した」

妖精王の答えはマーハウスやユーウエィン、樹里の胸にぐさりと突き刺さった。妖精王がそんなことを言うなんて――。アーサーを殺したのはやはりランスロットなのか。

「我はキャメロットで一番強く高潔な者に妖精の剣を与えた。ランスロットこそあの剣にふさわしいと思ったのだ。……ランスロットの弱さを見抜けなかった我の失敗だ。どれだけ強くともしょせん人間だった……」

妖精王はどんな時も表情を変えないが、この時だけはわずかに人間味があった。悔しそうというか、歯がゆい思いを抱えているようだった。

「ランスロットの件は次に会った時、話そう」

妖精王はそう言って一角獣と共に空に消えた。マーハウスが止める間もなかった。樹里はひどく胸が痛かった。ランスロットを弱くしたのは自分だ。自分さえいなければ、ランスロットは妖精王の期待に応える人間のままでいられたのに。

マーハウスとユーウェインも落胆していた。特にマーハウスはランスロットを信じていたから、悔し涙を浮かべている。だが、いい話もあったと樹里は自分を奮い立たせた。魔物について妖精王からアドバイスはもらえた。半年から一年の間に現れるマーリンが助けてくれるというなら、それを信じて待つしかない。その間を耐え忍ぶため長期的なプランを考えなければ。

樹里たちはラフラン城へ戻ると、明日王都へ戻るための準備を始めた。新しい馬に作物の種や苗を載せ、当座の食料を身につける。ショーンたちはここにしばらくいるよう説得してきたが、王都で樹里たちの帰りを待っている者たちのことを考えれば、危険と分かっていてもすぐにでも戻りたかった。

過去から自分たちが来る。どの地点の過去から来るのだろう。アーサーが生きている時代の自分だといいと思いながら、樹里はそっと涙を拭《ぬぐ》った。


——そして一年後、妖精王の予言通り、過去から自分とマーリンがやってきた。樹里は感慨深い思いで過去の自分と対面した。とはいえ、向こうは正体を隠しているつもりなので、何もかもざっくばらんに話すというわけにはいかなかったが。

彼らと話をして、彼らが偶然迷い込んできたことが分かった。

彼らのいる世界ではまだアーサーは生きているという。それは樹里にとって泣きたくなるような喜びの世界だった。マーリンはこの世界でアーサーが死んだと知ると、平静さを失った。しかもランスロットが殺したと知り、殺意を宿らせている。自分たちの世界に帰った時、彼らは違う道を選べるだろうか。

「マーリン、あの魔物を倒す方法を知っているんだろう？」

樹里は妖精王から聞いたと伝え、マーリンに魔物を倒す術を尋ねた。最初は魔力を使いすぎると渋っていたマーリンだが、二つの月が赤くなる赤食《せきしょく》の日が近いと知って魔物を倒すことに協力してくれた。赤食の日は魔力が高まる日なのだ。魔物は魔女モルガンの血によって造られたものので、マーリンの血で造った白蛇でそれを倒すことが可能らしい。

翌日、マーリンは大掛かりな術で、魔物を次々と倒した。王宮にいた民は歓喜し、魔術師マーリンを称《たた》えた。樹里も久々に心から喜んだ。長い間王都を覆っていた黒い霧が晴れ、ようやく復興への第一歩を踏み出すことができるのだから。

「――アーサーとランスロットを助けてやってくれ」

樹里は柱の陰に隠れていた過去の自分に近づくと、思い余って声をかけた。

「俺は選択を間違えた。覚悟が足りなかった。皆を救いたいと思って、誰も救えなかった。この未来は俺が招いた結果なんだ。どうか……お前は間違えないでくれ」

こんなふうに言っても過去の自分には理解できないかもしれないが、それでも別の道を選んで明るい未来を迎えてくれと伝えずにはいられなかった。

「マーリン、もう一つお前に聞きたいことがある」

民が神殿を飛び出していくのを見ながら、樹里はマーリンの背中を押した。マーリンはいぶかしげな表情ながら、黙って樹里の示す方向へ歩きだした。樹里が誘《いざな》った場所は、地下の遺体安置所だった。この時代のマーリンが王都を去った時、アーサーの遺体を安置した部屋を丸ごと封印してしまったのだ。その間、入り口で佇《たたず》むことしかできなかった。棺《ひつぎ》に眠るアーサーがどうなっているか知りたい。葬儀だってまだしていないのだ。

「ここを封印したのはもう一人のマーリンだ。だけどお前なら開けられるのではないか？　アーサーの葬儀をしたいんだ」

アーサーをきちんと埋葬したい。樹里の言葉にマーリンは怯《ひる》んだ様子を見せた。別次元のアーサーとはいえ、その死を受け入れるのはつらいのだろう。

「なるほど……。私はこの扉を開けられないようにしてご遺体が腐らないように術をかけたらしいが、長く保《も》つものではない。おそらく白骨化しているかもしれません」

マーリンは目を細めて呟いた。そして杖を振り上げ、朗々たる声で歌い始めた。歌声が両開きの扉の境目にまとわりつき、何かを溶《と》かすように光った。鈍い音を立てて扉が開く。樹里は開いた隙間から中に駆け込んだ。

遺体安置所はひんやりとした空気に占められていた。腐った臭いはしない。マーリンの言った通り、白骨化しているのだろう。

「アーサー」

樹里は棺の前に進み、意を決して蓋を開けた。マーリンは遺体を見たくないのか、入り口で待っている。

「えっ⁉」

棺を覗き込んだ樹里は、びっくりして声を上げた。

「どうした」

樹里の態度が気になったのか、マーリンが足早にやってくる。樹里は困惑してマーリンを振り返った。

アーサーの遺体が、石像に変わっていたのだ。最後に見た姿のまま、頭の天辺《てっぺん》から爪先まで石になっている。初めから石像が置かれていたかのようだ。

「どういうことだ？　石像になったのか？　マーリンの術か？」

樹里はおそるおそる石になったアーサーに触れようとした。すると「待て！」という鋭い声と同時にマーリンが樹里の手を摑む。

「私以外の者の魔術の痕跡を感じる。触れないほうがいい」

マーリンはアーサーの石像を睨みつけ、息を吐いた。樹里は慌てて棺から離れた。アーサーの遺体に何が起こっているのだろう。

「そういえば……」

樹里は顔を強張らせた。神兵が二人、手が石化したと騒いでいたのを思い出したのだ。石化はどんどん進み、やがて腕から肩まで広がった。神兵二人はパニックを起こし、暴れた際に石の部分にヒビが入りばらばらになって死んでしまった。

「石化か……。何故こうなるのか私にも分からない。だが、アーサー王が亡くなっているのは確かだ。鼓動を感じない。ただの石の塊になっている」

マーリンは身震いして石像となったアーサーを見下ろした。

アーサーの遺体が石像となったことを知ると、博識なダンもこんな状態は聞いたことがないとわなないていた。アーサーの遺体を埋葬しようにも、石像となった遺体はもろい。神兵のようにばらばらに砕けたアーサーは見たくない。話し合いの末、このままアーサーの遺体を安置所に置いていくことに決めた。

「ひとまずラフラン領に向かい、再建計画を練りましょう」

ダンが厳《おごそ》かに言う。樹里たち生き残ったキャメロットの民は、王宮を出てラフラン領に向かうことを決めた。魔物が消えたとはいえ、畑や水路はモルガンの毒に汚染されている。まずは清浄なラフラン領に行き、今後のことを考えるべきと判断したのだ。いずれ王都を復興させるのか、それともラフラン領に王都を移すのか。もちろんラフラン領の領民の気持ちも考えなければならない。

問題は山積しているが、生き残った民たちと共に安全な土地に行き、心と身体を回復させることが今は重要だ。

マーリンたちとは神殿で別れることにした。彼らは赤食の日を待って自分たちの世界に戻るようだ。

王都を出た樹里たちは五日かけてラフラン領に辿り着いた。すべての民を馬車や荷車で運ぶには馬が足りず、時間がかかった。あらかじめ連絡をしていたので、ラフラン領での避難民の受け入れはスムーズだった。樹里はショーンと再会し、魔物が消えたことを喜んだ。

妖精王の予言通りマーリンはやってきたが、予想よりも遅く、食糧も残りわずかで、本当にぎりぎりだった。唯一心配なのは移動の最中に魔女モルガンに襲われることだが、杞憂《きゆう》だったようで、すべての民をラフランに連れてくることができた。

「樹里様、よかったですね」

久しぶりにお腹いっぱいに食べたサンが、心からの笑顔を見せた。サンは十三歳になり、身長も伸び、おとなっぽくなってきたが、育ちざかりなのにろくな食事をとれなかったのですっかり痩せ細っている。これからは身体を鍛えて樹里を守ると息巻いているが、樹里からすればまだまだ可愛い少年だ。

「ああ、ここなら安全だ」

樹里はサンの肩を抱いて微笑んだ。不幸の連続でもう笑顔にはなれないかもと思った時もあったが、こうして再び生きる喜びを味わっている。これからキャメロット王国はよくなっていくはずだ。そのために知恵を出し合って協力していかなければ。

（妖精王に会いたい）

お腹を擦って樹里は城の窓からラフラン湖の横に広がる森を見やった。最近お腹の子がまったくといっていいほど動かない。子どもがいると言われてからどれくらいの月日が経っただろう。お腹の子が自分を守るために無理をしているのではないかと心配だった。

（本当に生きているのかな）

ふつうならばこんなに長くお腹にいるなんてありえない。子どものことを考えれば考えるほど樹里は気が急《せ》いて仕方なかった。

5 救出

Rescue

ラフラン領に着いて落ち着いた頃、樹里《じゅり》は妖精王に会うために森へ向かった。今回の同行者はダンとユーウエィンだ。マーハウスも同行したがったが、ユーウエィンが「お前は失礼な態度を取るから駄目だ」と引導を渡されていた。

樹里はわがままを言って、森へ向かう前にラフラン湖に寄った。今朝は寒かったせいか、ラフラン湖には薄い氷が張っていて、見ているだけでも水の冷たさを感じた。

(ここから……帰ろうと思えば帰れるんだよな、俺)

樹里はぼんやりとそんなことを思った。ラフラン湖と樹里のいた世界は繋がっていて、湖に潜れば自分の家に帰ることができる。アーサーが死んだ後から、何度も頭を過《よ》ぎった考えだ。アーサーのいない世界に留まる必要があるのかと。

樹里がこの世界に戻ってきたのは、アーサーの子を宿し、アーサーと生きていく決意を固めたからだ。けれど今、アーサーはいない。自分がここにいる理由が分からなくなる瞬間がたまにあるのだ。そう思うたびにモルガンに連れ去られたランスロットとクロを思い出し、お腹《なか》の中の子を思って踏み留まっていた。この中途半端な状態で自分の世界に戻るわけにはいかない、と。

「ごめん。行こう」

じっくりとラフラン湖を眺めた後、樹里はユーウエィンとダンに礼を言い、森に馬を進めた。

森は春を迎え、雪はほとんど融《と》けている。多くの木は新しい芽がほころび、木々の枝の間から小さな獣がひょっこり顔を出す。ショーンから渡された貢物を詰めた籠《かご》を持ち、樹里たちは前回、妖精王が現れた場所でしばし待った。ほどなくして空に光が出現し、真っ白い一角獣が風に乗ってやってきた。妖精王は神々しい光をまとい、ゆっくりと樹里たちの前に降りてくる。何度も間近で接している樹里でさえ妖精王の神々しさに興奮する。ましてや初めて近くで相まみえるダンはかなり高揚していた。いつも落ち着いているダンが頬を紅潮させて跪《ひざまず》く姿は年寄りなのに可愛く見えた。

「無事に事が運んだようだな」

妖精王は地面に降り立つと、頭《こうべ》を垂れる樹里たちに声をかけた。

「はい、妖精王のおかげです」

妖精王が足をつけた地面からはいっせいに草や花が生えてくる。樹里が顔を上げると、妖精王がすっと近づいてきて、樹里の腕をとった。籠の貢物を差し出すと、森にばらまくようにと言われた。促されるままに立ち上がると、妖精王が樹里の腹部の辺りに手をかざす。

「限界であったな……」

妖精王はそう呟き、樹里の腹部に当てた手をゆらゆらとさせた。お腹が一瞬痛くなって、何かが引っ張り出される感覚があった。樹里が息を詰めると、お腹から吸い出された金色の光が妖精王の手の中で塊《かたまり》となる。

「力を使いすぎたようだ。人の形を作るのにまだしばらく時間がかかる。この子は我の光の庭で育てよう。地上で暮らせるようになったら、戻そう」

妖精王の手には光の珠《たま》があった。あれが子どもだというのか。樹里は信じられない思いで見つめていた。確かに妖精王が光を吸い出してから、身体の中にあった違和感が消えている。ユーウエィンとダンも「おお……」と目を輝かせている。

「妖精王、お聞きしたいことがあるんです」

樹里は神殿の遺体安置所のアーサーについて尋ねた。アーサーの身体が石像となっていること、神兵二人がアーサーが亡くなった後、同じように石化して死んでしまったこと。妖精王ならその理由を知っているのではないかと思ったのだ。

妖精王は樹里の話を聞き、すっと顔を王都の方角に向けた。そのまま数秒じっと動かずにいる。ゆっくりと振り返った妖精王は長いまつげを揺らした。

「呪いの剣のせいだろう」

出てきた答えに樹里はもちろん、ユーウエィンもダンも驚いた。

呪いの剣——それは一体何だ？

「アーサーを死に追いやった剣のことだ」

戸惑う樹里たちに妖精王が重ねて言った。アーサーを死に追いやった剣——それが呪いの剣だというのか。ダンが目を見開き、膝を叩いた。

「それで思い出しました。確かに亡くなった神兵は、アーサー王の身体から剣を抜いて倉庫にしまった者たちです。するとあの剣に触れると石になるということですか？　そんなまさか」

ダンの声が大きくなり、動揺したようにユーウエィンを振り返った。察しのいいユーウエィンがわずかに腰を浮かし、身を乗り出した。

「ランスロット卿は石になっておりませんでした。ということは、ランスロット卿はアーサー王を殺した剣に触れてないということに他なりません！」

ユーウエィンの声に力が入ったのも無理はない。樹里も胸が熱くなり、ダンと目を見交わした。ランスロットの罪が晴れるかもしれないのだ。興奮せずにはいられなかった。

「しかし、妖精王。前回あなたは……」

腑に落ちない様子でユーウエィンが口ごもった。妖精王が「ランスロットには失望した」と言ったので、樹里もてっきりランスロットが殺したのかと疑ってしまったのだ。

「我はランスロットがアーサーを殺したとは一言も言っておらぬ」

ユーウエィンの疑問が理解できなかったらしく、妖精王は首をかしげる。樹里たちは苦笑いするしかなかった。確かに言ってない。樹里たちが深読みしただけだ。

「我はランスロットの持つ弱さに失望したのだ。愛は人の心を豊かにする反面、ひどく愚かなものにも変えてしまう。モルガンの魔術にかかったとしても、心に邪《よこしま》なものがなければああはならなかったはず。あれは感情を増幅させる術ゆえ」

妖精王はそう言うが、ふつうの人間にそこまで望むのは酷な気がした。樹里はうつむいた。自分のせいでランスロットがおかしくなった事実が重く伸し掛かってきたのだ。

「ランスロットは、モルガンの城に囚われている。樹里、お前の神獣と共に」

妖精王が一角獣の背中に手を伸ばして言った。ハッとして樹里たちは皆、顔を上げた。妖精王は一角獣の背中に乗せていた白く光るマントを手に取った。

「助けに行くなら、これを使うといい。光の庭で育った花で編んだマントだ。これを被れば、姿を隠せる。ただし、長時間闇の力が強い場所で使うと力を失い枯れる」

樹里は差し出されたマントを受け取った。温かくて滑らかな触り心地だった。いわゆる透明人間になれるマントというやつか。その効力には時間制限があるようだが、頼もしいアイテムだった。

「このマントには浄化作用がある。使い道はそなたらが考えよ」

樹里はマントを抱きしめて礼を言った。姿を隠すことができる上に浄化作用のあるマント――使いどころをよく考えなければならない。

「アーサーは最期にモルガンに一太刀浴びせた」

妖精王はひらりと一角獣に跨《また》がり、金色の珠を懐《ふところ》にそっとしまった。樹里はどういうことか分からないなりにもアーサーが死ぬ直前まで闘ったことを知り、目頭が熱くなった。

「魔力が弱っている今なら、お前たちもモルガンの城に忍び込むことはできるだろう」

妖精王はそう告げて一角獣を空に飛ばした。樹里たちは妖精王の放つ光が空に消えるまで見送った。空から光が消えると、突然ユーウエィンが「おおお！」と雄叫《おたけ》びを上げて拳を突き上げた。

樹里はびっくりして飛《と》び退《の》いた。

「ランスロット卿は無実だった！　マーハウスもここにいれば喜びを分かち合えたのに！」

ふだん温厚なユーウエィンが声高らかに叫ぶ。満面の笑みを浮かべるユーウエィンに樹里はつられて微笑んだ。ランスロットが無実だったと分かり、樹里も心の憂いが消え去った。乱心したランスロットはアーサーを討ちに行ったが、すんでのところで己を取り戻したのだろう。記憶がないばかりに自分が殺したものと思い込んでいたようだが、真実を知れば安堵するだろう。

「一刻も早くこのことを皆に告げて、ランスロット卿の汚名を返上しましょう」

ダンも心から嬉しそうに言う。国一番の騎士が王殺しをしたというのは、ダンにとっても屈辱的な出来事だったのだ。

ランスロットは自分が王殺しをしたと思い込んだまま、モルガンの城に囚われている。妖精王の口ぶりでは生きていることは間違いないようだ。このままにはしておけない。ランスロットとクロを助け出さなくては。

樹里は渡された白いマントをぎゅっと抱きしめた。自分の世界に戻るのはまだまだ先になりそうだ。ランスロットとクロを救出すること——樹里は当座の目標ができて、力強い足取りで城への帰路についた。

　ランスロットが無実だという知らせは、ラフラン領の民を心から喜ばせた。長い間ランスロットを悪し様に語っていた王都の人間も真実を知り、罪悪感を持ったようだった。生き残った騎士団第一部隊の騎士たちは、尊敬するランスロットをすぐにでも助けに行こうと息巻いた。特にユーウェインとマーハウスは今にも飛び出しかねない勢いだった。

　騎士団は生き残った騎士たちで隊を作り直し、ランスロット救出を計画した。それを止めたのは樹里だった。

「大勢で行けば、モルガンに見つかる確率が高くなるし危険だ。妖精王から渡されたマントは一人しか使えない。俺が行くよ」

　姿を隠せるマントで覆い隠せるのは自分とせいぜいもう一人くらいだろう。だとしたら助けに行くのは樹里だけで十分だ。樹里はそう考えたのだが、一人で行くなど言語道断と激しく反対された。

「どうしてもというなら、せめて我々二人に供を務めさせて下さい」

　これだけは譲れないと前に出てきたのはマーハウスとユーウェインだった。二人はランスロットを救出するためにがんばってきた。その気持ちを無下にはできなくて、樹里は三人で行くことに決めた。ダンや他の騎士はそれでも反対したが、妖精王の手から受け取ったマントを他人に使わせるわけにはいかない。それに樹里はランスロットも助けたいが、クロも助けたいのだ。

「神の子はこれまで様々な困難を乗り越えてきた。その経験を尊重し、見送ろうではないか」

　最後にまとめたのは大神官だった。食糧難ですっかり痩せたはずの大神官だが、ラフランに来てからあっという間に元の体形に戻っている。樹里のお腹からアーサーの子が取り出されたのを知っているので、大神官にとって樹里はどうでもいい人間に格下げされているのだ。だから危険な旅も平気で応援してくる。

「しかし王妃を危険にさらすわけには」

ダンはかなり渋っていたが、個人的に樹里が説得すると渋々頷いてくれた。

樹里たちはランスロット救出のために動き始めた。馬の用意とエウリケ山の地図、食料——問題はモルガンの城がどこにあるか分からないことだ。こんな時にマーリンがいてくれたら助かるのに。

「モルガンの棲《す》み処《か》がエウリケ山にあるとは初耳です」

地図を眺めながらユーウエィンが眉を顰《ひそ》める。マーリンがモルガンの息子だということは秘密なので、どこからその情報を得たのかについて、樹里は答えられなかった。そもそもエウリケ山は死の山と呼ばれており、行ったことのある者が皆無だ。そこに辿り着きさえすれば魔術師になれるという言い伝えがあるほど、困難な山らしい。

「行けばどうにかなるさ」

マーハウスは楽観的で、地図を睨《にら》むより剣や弓矢の調整に勤《いそ》しんでいる。樹里たちが行くことを了承したダンだが、出発を来月にすることだけは譲らなかった。まだ春になったばかりで、夜になると寒さで震える日もある。この時期に山へ行くのは無謀だと、ダンは厳しく諭してきた。それまで騎士や神兵は慣れない農作業を手伝い、近くの森の木を伐《き》り、馬の世話をした。ひと月を安全な地で過ごしたせいだろうか。樹里はめきめきと体力がつき、騎士団も力強さを取り戻した。

そして、春の息吹がそこかしこに感じられるほど暖かくなった頃。

樹里とユーウエィン、マーハウスはようやくランスロット救出のために旅立ったのだ。

樹里たちは、まずケルト族の村を目指した。ケルト族は西のコンラッド川の近くに住んでいて、その村の先にエウリケ山がある。

樹里は葦毛《あしげ》の馬に乗り、ユーウエィンとマーハウスに先導されて街道を走った。二人とも馬を操るのに長《た》けていて、馬も心地よさそうに蹄《ひづめ》を鳴らしている。対して樹里といえばどうにか馬に乗れるが、何となく不機嫌そうに走っているのが丸分かりだった。クロがいればその背中に乗って騎士たちより速く走れるのに、と口惜しい思いで二人についていく。尻や太ももは痛いし、揺れで頭がぐらつく。けっこう長いことこの国にいるのに、未《いま》だに馬に慣れない。

「今夜は川で休憩しましょう」

三日目の夜に小川が流れる岩場に着き、樹里たちは焚《た》き火《び》をして夜営をすることにした。交代で火の番をするというので樹里も替わると言ったが、ユーウエィンもマーハウスも頑として応じてくれなかった。

「どうか樹里様は休んで下さい」

ユーウエィンとマーハウスにとって自分は男と思えないらしい。体力も戻って筋肉もついてきたと思うのだが、反論してもにこにこと毛布をかけてくる。

樹里は毛布にくるまり、仲良さそうに話している二人を眺めた。二人とも眠くないのか、火の爆《は》ぜる音と共にくだらない話をしている。この二人はよくつるんでいるので相棒なのだろうと思っていたが、この国では男同士でつきあうのが一般的だ。この二人、気づけばいつも一緒にいるし、もしかして……。

「眠れませんか？　声がうるさいですか？」

ユーウエィンが樹里が寝ていないのに気づいて首をかしげる。

「いや、……あのさぁ、二人って恋人なの？　すごい仲いいよね」

気になったのもあって、樹里はずばりと二人に尋ねた。一瞬二人とも目を丸くして、そろって大笑いする。

「お前とは、ないいなぁ？」

「ないない」

ユーウエィンとマーハウスは顔を合わせて笑っている。こんなに仲がよくても恋人関係ではないのか。実は隠しているんじゃないかと樹里が疑いの眼差しを向けると、ユーウエィンが樹里に微笑む。

「不遜ながら、樹里様がお相手でしたら」

「ああ、大アリだ。アーサー王のいない寂しさを慰めて差し上げたい」

マーハウスまで真面目な顔で見つめてくるので、樹里は真っ赤になって眉間《みけん》にしわを寄せた。完全にからかわれている。

「何だよ、それ。どう違うんだよ」

同じ男でアリとナシがあるなんてまったく理解できない。好みという意味だろうか。まさか自分が女に見えるんじゃないだろうなと樹里は二人を睨みつけた。

「じゃあランスロットは？　ランスロットのこと二人とも大好きだろ。恋人になりたいとか思うのか？」

彼らの恋の基準が分からず、樹里は思わず上半身を起こして聞いた。

「樹里様、そんな馬鹿なこと考えたこともありません」

ユーウエィンは呆れて眉を顰める。

「うう。身震いする」

マーハウスも同意見のようで、信じられないという顔つきで樹里を見る。憧《あこが》れと恋愛は違うのか。けれど憧れる人に恋するなんてふつうにある話だ。ますます分からなくなって樹里は混乱した。

「二人の人を好きになる基準ってどうなってんの？　女しか駄目とか？　って俺女じゃねーけど」

ユーウエィンがふっと微笑んで焚き火に木切れを放った。

「私の場合は、どちらも好きですよ。でも男性の場合はかなり好みが限定されますね。実はこいつとは好きになるタイプが同じで、過去に何度もやり合ったことがあります」

ユーウエィンは懐《なつ》かしそうに目を細め、思い出し笑いをする。

「趣味が似てるんだよな。お前も樹里様、好みだろ」

マーハウスが笑って肘でユーウエィンの腕をつつく。

「ああ、アーサー王の王妃でなければ、とっくに迫っていたさ」

当然のように言われて樹里はぽかんとした。本気なのか、冗談なのか。どちらにしろ、これ以上突っ込んだらまずいと気づき、樹里は毛布を頭まで被った。

「しまった、警戒させてしまったぞ」

ユーウエィンが笑いを堪《こら》えながら呟く。

「樹里様、俺たちは騎士として不埒《ふらち》な真似は絶対にしませんので」

マーハウスが小声で言ってくる。樹里は聞こえないふりをして答えなかった。


旅は順調だった。五日目にはユーウエィンが弓で鳥を射て、鳥鍋を振る舞ってくれた。魔物のせいですっかり獣も減っているようだが、道中訪れた村々ではわずかながら生き残っている民もいて樹里たちを安堵させた。魔物の脅威が去ったことを話すと、誰もが涙を流して喜んだ。

ユーウエィンとマーハウスは陽気で、一緒に旅をすると頼もしかった。旅慣れた彼らは川のある場所や獣のさばき方を樹里に教え、星の位置から方向を導く術を語った。

七日目に、樹里たちはようやくコンラッド川に着き、ケルト族の村を確認した。コンラッド川は日によって水位が違うらしく、近頃は雨が長く降らなかったため、樹里たちはその日のうちに馬で川を渡ることができた。

「ケルト族の村がどうなっているか偵察したい」

樹里は近くの森に身を潜め、ユーウエィンとマーハウスに囁《ささや》いた。アーサーは死ぬ前、ケルト族討伐のために動いていた。ケルト族の村では何かが起こっているに違いない。素通りしてエウリケ山に登ることもできるが、確認してからでないと前に進むのは不安だった。

「でしたら私が偵察に行ってまいりましょう」

ユーウエィンが武具を脱ぎ捨て身軽になって言った。ユーウエィンは弓矢と短剣だけを持ち、夜の闇にまぎれてケルト族の村へ赴いた。

ユーウエィンが戻ってきたのは、翌朝だった。

「どうだった?」

森の茂みに覆われていた場所で待っていた樹里たちは、俊敏な動きでユーウエィンに駆け寄った。

「ケルト族の村に、もう一人の神の子がいました」

ユーウエィンは表情を強張らせて報告した。もう一人の神の子——ジュリか!

「どういうことだ？　何が起きている？」

マーハウスはいきり立ち詰問する。ジュリはユーサー王をモルドレッドに殺させ、城中の人間を恐怖で支配した。マーハウスが怒りを覚えるのも無理はない。

「俺にも分からない。もう一人の神の子はケルト族の村を支配しているようだった。村中の人間が彼に怯《おび》えて従っていた。アーサー王が斬り落とした腕は治らなかったようで、片方の腕はなかった」

ユーウエィンは腑に落ちないといった様子で呻《うめ》く。ジュリは見た目はか弱い美少年だが、恐ろしい魔術を使う。その魔術でケルト族を支配しているのだろう。

「ケルト族が樹里様を呼び寄せようとしたのは、そのせいか」

マーハウスが指を鳴らす。あの頃、何故樹里を使者に寄こせと言ってきたのか分からなかったが、ジュリが樹里を捕らえるためだったと考えれば納得がいく。

「どうします？　ケルト族の村に行くことはお勧めしませんが」

ユーウエィンが樹里に聞く。

「我々だけではジュリと闘えない。気にはなるが、今は何もできない」

ジュリの魔術に対抗する術《すべ》がないのだ。マーリンはいないし、アーサーもランスロットもいない。今まで樹里を守ってくれたお腹の子もいないので、ジュリに殺される可能性もある。

「そうですね。今はランスロット卿を助けることに専念しましょう」

ユーウエィンはホッとして武具を身にまとい始めた。マーハウスは憎きジュリを倒したいと未練を見せていたが、今は無理だということも分かっていて、時々癇癪《かんしゃく》を起こしたように地団駄《じたんだ》を踏んでいた。

ケルト族の村を大きく迂回して、樹里たちはエウリケ山を目指した。しばらくは馬で移動していたのだが、深い谷を越えた先は馬では進めない険しい岩山だった。仕方なく馬をその場に残し、徒歩で行くしかなかった。ダンの言っていた通り、雪が残っていたら到底目的地に辿り着けなかっただろう。

二日かけてようやくエウリケ山に入ると、樹里たちは生き物がまったくいないことに驚いた。

「まさに死の山ですね。魔物のせいだけではないような……」

ユーウエィンはほとんど葉のついていない木々を見上げ、鼻を鳴らした。枯れた大地とでもいえばいいのか、エウリケ山は雑草もろくに生えていない奇妙な山だった。空には鳥の姿がなく、びょうびょうと乾いた風が吹きさらしている。ごつごつした大きな岩があちこちにあって、行く手を阻んでいる。

「ここからは勘で進むしかないのか。樹里様、何か分かりますか？」

マーハウスは周囲を見渡し、モルガンの城らしきものがないか探している。エウリケ山に関する情報はほとんどないので、樹里たちは当てもなく歩くしかない。樹里は立ち止まって目を閉じ、何か感じないかと心を鎮めてみた。

「うーん……」

分からないと、言いかけた時、ふいにどこからか獣の声が聞こえて目を開けた。

「今の、クロの声だ」

樹里は声がした方角に指を向けた。ひどく小さい声だったが、確かにクロだった。遠吠《とおぼ》えみたいな鳴き声だ。クロのあんな声は聞いたことがなかったが……。

「あちらの方角ですね。行ってみましょう」

ユーウエィンにもクロの声が聞こえたようで、東へと向かう。細く蛇行する道を見つけ、岩場を乗り越えていく。一時間も登り続けただろうか。少し開けた場所に出て、樹里たちはアッと声を上げた。

目の前に突然真っ黒な城が現れたのだ。山を登っている間、まったく何も見えなかったのに、手品みたいに忽然《こつぜん》と姿を見せた。ドイツの古城みたいなフォルムで、城の周囲には黒い薔薇《ばら》が咲き乱れている。人を拒む塀はないが、荊《いばら》でできた垣根がぐるりと城を覆っている。

「驚きましたね……これが魔女モルガンの城でしょうか」

ユーウエィンも急に現れた城に度肝を抜かれていた。マーハウスはあんぐり口を開けている。

樹里たちは荊の隙間から、じっくりとモルガンの城を観察した。扉か窓のところまで行けば忍び込めそうだった。もちろん開いていたらの話だが。

「これは剣で切れそうです」

ユーウエィンが城を覆う荊を剣でこじ開け、忍び込む空間を作った。荊は時間が経つと再び元の形を取り戻すので、素早い動きが必要だった。

「悠長にはしていられない。俺が行ってくる。二人はここで待っていて」

樹里は担《かつ》いでいた荷物を下ろし、妖精王からもらったマントを取り出した。

「本当に大丈夫ですか？　やはり俺が様子を見てから」

マーハウスは樹里を一人で行かせるのが不安で、顔を曇らせている。

「お前たちみたいな大男二人を隠せないだろ」

マントで隠せるのはぎりぎり樹里とランスロットくらいだ。マーハウスやユーウエィンのように屈強な男性二人では、はみだしてしまう。

「どうだ？」

樹里はマントを羽織った。するとユーウエィンとマーハウスが仰天して飛びのく。

「樹里様、首しか見えません！」

マントで覆い隠した部分が消えたため、顔だけが見える状態なのだ。樹里がフードを被ると、頭も消えてしまったようでユーウエィンとマーハウスが焦って両手を伸ばしてくる。

「ぎゃっ。変なとこ触るな！」

マーハウスの手が腹を摘んできて、樹里は怒鳴った。慌ててマーハウスが手を引っ込める。

「見えないだけで実体はあるのですね」

樹里がいる辺りを手で探り、ユーウエィンが感心する。

「どれくらい保《も》つか分かんないから、急いで行ってくる」

樹里は意を決して、こじ開けた荊の隙間から城内に足を踏み入れた。妖精王の話では、この透明マントは闇の力が強い場所では効力が長続きしないという。モルガンの前で効力が切れたら終わりだ。樹里は足音を立てないように注意しながら建物に近づく。

念のため扉を開けようとしたが、鍵がかかっているのか開けられなかった。忍び込めるところがないか捜し回ると、開いている窓があって、そこから中に入った。

(うわ……っ)

樹里は怖気《おぞけ》立《だ》って首をすくめた。建物の中に入ったとたん、何とも言えない気色悪さを感じたのだ。たとえて言えばお化け屋敷に入った時のようだ。そこは物置らしいが、床は冷たく、空気が湿っている。ランスロットとクロはどこにいるのだろう。急いで捜さなければと樹里は部屋を出た。

長く暗い廊下が続いている。ところどころにランプが吊るされているが、火がついているランプはほとんどなく、足元もおぼつかない。樹里は手当たり次第に扉を開けていった。部屋は無数にあるが、中はがらんとして何も置かれていない。キャメロットの城とは雲泥の差だ。

(こんなにいっぱい無駄な部屋があって、どーすんだろ)

徐々に苛立ちが募ってきた。もしかしたら自分はモルガンの魔術に取り込まれていて、扉を開ける作業を繰り返しているだけでは——。そんな思いが頭を過ぎったほどだ。

城は広く、すべての部屋を捜すのは困難に思えた。樹里は焦燥感を抱いた。

一時間くらい城内を捜し続けただろうか。樹里は疲れてその場にうずくまった。

あちこち見て回ったが、何の成果もない。魔術書が積まれた部屋や武器らしきものが無造作に散らばった部屋、大きな窯《かま》が置かれた部屋はいくつか見つけた。けれどその他は何もないただの空間だった。モルガンには使用人など必要ないから、たくさん部屋があっても使い道がないのだ。だとしたらこの城は無用の長物、モルガンのプライドを満足させるためだけの容れ物《いれもの》なのではないか。

（やばい、このマントいつまで保つんだろ。闇雲に捜しても駄目だ。考えなきゃ）

樹里は頭を抱え、いい閃《ひらめ》きがないかと考え込んだ。

自分がモルガンだとして、ランスロットをさらってきたらどこに閉じ込めるだろう。モルガンはランスロットを伴侶《はんりょ》にしようと言っていた。もしランスロットがモルガンの魔術に操られていたら、王座の間らしき場所にいるかもしれない。

（そうだ、アーサーの部屋）

ふと思いついて、樹里は再び歩き始めた。キャメロットの城のアーサーの部屋がある場所を思い浮かべた。どちらも城であることに変わりはない。だとすれば、多少違っても似たような構造なのではないかと思ったのだ。

神経を研ぎ澄まして足早に進むと、階段に出た。樹里は足音を忍ばせて上へ向かった。それにしても静かな城だ。モルガンは本当にこの城のどこかにいるのだろうか？

（あ……っ!!）

上階に行き、大きな観音扉があったので開けると、樹里は声を上げそうになってしまった。大きな広間に、ランスロットがいたのだ。ただし――ランスロットは天井につくほどの氷の柱の中にいた。

（ランスロット……ッ）

樹里は呆然として氷の柱に駆け寄った。ランスロットはモルガンに連れていかれた日の格好のまま、氷の檻《おり》に囚われていた。生きているのか、死んでいるのかさえ分からない。こんな状態は想定していなかったので、樹里は氷の柱の前で右往左往した。

（やっばい、どーする？　氷を融かすにはどうすればいい？）

ためしに氷を叩いてみたが、樹里の非力ではどうにもならない。燃やすにしても松明《たいまつ》すらない。

「ランスロット」

樹里は困り果てて小声でランスロットの名を呼んだ。ランスロットの瞼《まぶた》は閉じられたままで、開く気配がない。モルガンに支配されて別人のようになったランスロットと対峙《たいじ》することは考えていたが、こういう状態は考えてもみなかった。これではそもそもランスロットが生きているかどうかさえ怪しい。

このまま指を銜《くわ》えて見ているわけにはいかないので、樹里は何か氷を割る道具がないか辺りを探した。広間は赤い絨毯《じゅうたん》が敷き詰められていて、奥に暖炉《だんろ》や長椅子がある。暖炉を覗き込むと、火掻き棒がある。それを摑んで氷の柱に突き立てた。

（クソ、これじゃ無理かも）

火掻き棒で氷を割ろうとしたが、精一杯力を込めても少しヒビが入る程度だ。あまり大きな音を立てたらモルガンが気づくかもしれない。樹里は焦りで冷や汗を垂らしながら氷を砕いた。

「どわっ」

やけになって渾身《こんしん》の力を込めた時、足元がぐらついて身体が氷の柱にぶつかった。すると、マントが触れた部分から氷があっという間に融けていく。みるみるうちに氷はすべて融け、ランスロットが床に倒れた。

（そんな力があったのかよ！）

必死に火掻き棒で割ろうとしていた自分がアホみたいだった。マントで触れれば氷は融けたのだ。無駄な時間を費やしたことに腹が立ち、樹里は「くーっ」と言葉にならない声で悔しがった。

「ランスロット、ランスロット！」

樹里は全身水浸しになったランスロットの頬を叩いた。氷の柱に埋め込まれていたせいか肌は震えるほど冷たい。不安になって心臓に耳を当てると、確かな鼓動が聞こえる。

（よし、生きてる！）

心から安堵して、樹里はランスロットを安全な場所に移動させようとした。ところが重くてびくともしない。背中に担ごうとしても、数歩歩くと重みで押し潰されてしまう。

「ランスロット、頼む、目を覚ましてくれ」

一人でランスロットを運ぶのは無理だと諦《あきら》め、樹里は広間の隅までランスロットを引きずると激しく揺さぶった。

「う……」

何度か頬を叩くと、かすかにランスロットがまつげを震わせる。気づいた、と喜んだのも束《つか》の間《ま》、廊下から靴音がする。誰か来た！　モルガンか⁉

（やばいやばいやばい）

樹里は真っ青になって倒れているランスロットに覆い被さった。必死になってマントで隠し、息を潜めた。今は起きてくれるなと樹里が祈ったとたん、ランスロットの目が薄く開き、ぼんやりした目で樹里を見つめる。ほとんど折り重なっている状態で、ランスロットの翡翠色《ひすいいろ》の美しい瞳が揺らめく。

「樹里……様」

かすれた声でランスロットが呟く。まだ意識が混濁しているのか、うつろな表情だ。樹里は「しっ」とランスロットの唇に指を当てた。

広間の扉が開き、誰かが入ってくる。そっとマントの隙間から覗くと、黒いケープの男が焦ったような足取りで中央に進む。顔を見て樹里は息を呑んだ。クミルだ。焼けただれた肌と潰れた鼻の男――クミルがモルガンの城にいる！　しかもその左目は潰れていて、血が滲《にじ》んでいる。やはりクミルはモルガンの手先だったのだ。

「何ということだ、ランスロット卿は逃げたのか……」

クミルが氷が融けてたまった水溜まりを見て、大きくわななく。樹里はクミルを凝視した。クミルはおそらくすぐにモルガンに報告するだろう。無事に逃げられるだろうかと鼓動が速まった。

「樹里様」

クミルに意識を集中させていた樹里は、囁き声にハッとした。樹里の頬に冷たい指がかかり、震える吐息が頬にかかる。

「死ぬ前にお会いしたいと思っておりました」

かすれた声でランスロットが呟き、樹里のうなじを引き寄せた。気づいたら唇が深く重なっていて、樹里はびっくりして硬直した。ランスロットはまだ意識が混濁しているのか、貪るように樹里の唇にかぶりついている。ランスロットを突き離そうとしたが、広間にはまだクミルがいて動くに動けない。クミルにばれたら、終わり——。樹里はランスロットの唇を静かに離そうとしたが、磁石が吸いつくように離れない。

「母上に報告しなければ……」

クミルはしばらくその場をぐるぐる歩き回っていたが、呻くような声で呟くなり扉に向かった。扉が開いて再び閉じるまでの間、樹里は心臓が激しく鳴ってどうにかなりそうだった。ばれてはまずいという思いと、ランスロットのキスで頭の中はめちゃくちゃだ。

「樹里様……」

ランスロットは激しく樹里の唇を吸い、動きの鈍い身体で樹里を掻き抱いてくる。ランスロットの口づけは樹里の心を乱した。息が荒くなり、涙が滲んでくる。気づいたらクミルの足音も消え、広間はしんと静まり返っていた。

「ランスロット！」

樹里は抑えた声でランスロットの名を呼ぶと、身体を殴った。ランスロットが低く呻き、数度瞬《まばた》きを繰り返す。やっとランスロットの身体が離れ、樹里は急いで身体を起こした。鼓動が早鐘のように鳴っている。不可抗力とはいえ、ランスロットとキスをしてしまった。

「う……、樹里、様……？」

ランスロットは徐々に意識がはっきりしてきたのか、何度も首を振る。その目が樹里を捉え、大きく見開く。

「樹里、様……、ここは……、私は確かモルガンの魔術で氷に……」

ランスロットは広間を見渡し、両手で顔を覆った。考え込むようにしばらくそのままでいたが、両手を下ろした時、熱く樹里を見つめる。

「もう死ぬものと思っておりましたが……、まさか樹里様、私を助けに？」

ランスロットの手が伸びてきて、樹里はびくっとして身を引いた。ランスロットとキスをしたといっても、相手は意識が混濁していたのだからなかったことにすればいい。そう思おうとしても動揺してランスロットを意識してしまう。

「そうだよ、助けに来たんだ。これは妖精王から渡されたマントで、一時的に姿を隠せる。早く逃げよう」

樹里はわざとランスロットに背を向け、口早に言って立ち上がった。すぐにランスロットも追ってきてくれると思っていたが、ランスロットはその場から動こうとしない。

「何やってんだよ、早く」

ランスロットのもとに駆け戻って腕を引くと、悲しげな顔で首を振られる。

「何故このような危険を冒したのですか。私のことなど放っておけばよかったのに。私は許されない罪を犯した人間です」

苦しそうに呟くランスロットの手を樹里は握った。

「違う、ランスロットはアーサーを殺してないんだ。確かにランスロットはあの時魔術でおかしくなってた。でもアーサーを殺したのは呪いの剣を使った別の誰かで、その剣を摑んだ者は手が石に変わっている。だけどお前の手は無事だ」

樹里が告げると、ランスロットは驚いたように目を見開く。樹里の話が呑み込めたのか、ランスロットは身体をわななかせた。

「私は……殺してない？　……けれど、あの時私がおかしくなっていなければ、アーサー王は無事だったはず」

てっきり王殺しではないと知り喜んでくれるものと思っていたのに、ランスロットは相変わらず苦しげに目を伏せる。

「私の罪は重い。あなたに助けられるような価値はありません」

固く心を閉ざすランスロットに、樹里は怒りが湧いてきた。

「今はそんなこと言ってる場合じゃねーんだよ！　ともかくここを逃げなきゃ！　俺はモルガンに見つかったら、間違いなく殺されるんだ！　お前も騎士なら、俺を守ってこの城から連れ出せよ!!」

無性にカッカきて怒鳴りつけると、ランスロットが呆気にとられたように樹里を見返した。こんな大声を出して、モルガンに見つかる確率を上げている自分もどうかと思うが、ランスロットの頑固さに我慢ならなかったのだ。処刑の時もそうだった。ランスロットはこうと決めると他人の意見を聞かない。高潔な騎士と称《たた》えられていたが、融通が利《き》かなくてストイックすぎる頑固者だと樹里は思う。

「樹里様……、その通りですね。申し訳ありません」

ランスロットの瞳に光が宿り、顔つきが変わった。やっとランスロットもこの場の状況を理解したようだ。今は一刻も早くこの城から逃げるべきなのだ。ランスロットは辺りを見回し、武器になるものを捜した。

「樹里様、私があなたを背負ってそのマントを羽織りましょう。そのほうが速く動ける」

ランスロットはきびきびと動き、樹里を背負ってマントを羽織った。ランスロットは樹里の重さなど歯牙にもかけず、火掻き棒を剣代わりに腰に下げる。

「クロもさらわれたんだ。クロを見なかったか？」

樹里はここに来た時たくさんの部屋を捜したが、クロの姿は見当たらなかったことを話した。ランスロットが氷に閉じ込められる直前に見たクロは、狂暴な唸《うな》り声《ごえ》を上げてモルガンに服従していたという。操られているクロを元に戻す方法は樹里にはない。以前クロがジュリに操られた時は、妖精王が助けてくれたのだ。それでもクロを捜したかった。

「まずは出口を捜しましょう」

ランスロットは広間を出ると、階段を下りて忍び足で歩き始めた。ランスロットの大きな背中にしがみつき、樹里はどうかモルガンと会いませんようにと祈った。ランスロットは長い廊下を進むと曲がり角で左に曲がった。とたんにランスロットの身体が強張る。

「ランスロットが逃げただと⁉」

廊下の奥からモルガンの声がした。隠れる場所はどこにもない。ランスロットは壁に張りつき、腰を屈《かが》めた。樹里は自分の息遣いがモルガンに聞こえないように、自らの手で口をふさいだ。

「どうやったのか分かりませんが、音がしたので広間に行くと氷が融けていて……」

モルガンの後ろから低姿勢でついてくるのはクミルだった。そっと目を向けた樹里は、ハッとした。袖から覗くクミルの手が、石になっていた。アーサーを殺したのは、クミルだったのか。

「私の魔術を破るとは、ランスロット卿を侮っていたか……」

モルガンは流麗な眉を顰め、靴音を立てて廊下を歩いている。長い黒髪をなびかせ、大きく胸元の開いた黒いドレスを着ていた。モルガンはクミルと同じく左目が潰れていて、そこから血が盛り上がっていた。二人とも同じ場所に傷を負っているなんて――。アーサーが最期に一太刀浴びせたというのはこのことだろうか。だからモルガンは自ら闘おうとしなくなったのか。

少しずつ近づいてくるモルガンに、樹里は心臓が止まりそうになった。

「まだ遠くには逃げていないでしょう。母上、捜しに行きますか？」

モルガンの機嫌を窺《うかが》うように、クミルがおどおどと話しかける。

「どこへ逃げようと私から逃れることなどできぬ」

潜めた笑い声を立てて、モルガンが手を振る。

（母上？　さっきもそんなこと言ってた。クミルはモルガンの息子なのか？）

樹里は戸惑いながらも頭を巡らせた。そうこうするうちにモルガンは樹里たちの横をすれ違っていった。ランスロットは微動だにしない。どうにかやり過ごせたとホッとした時、モルガンが突然振り返った。

「気のせいか？　おぞましい花の匂いがしたような……」

モルガンは顔を歪ませ、廊下をじっと見つめた。樹里はどっと冷や汗が出て、今にも気を失いそうだった。けれどランスロットは落ち着いた様子で、ゆっくりと静かに廊下を移動している。

「気のせいか……」

モルガンと距離が空いたことで匂いが消えたのだろう。モルガンは踵《きびす》を返し、去っていった。

（マジ緊張で死ぬ……）

樹里ははぁと大きな息を吐き、ぐったりとランスロットに身を委ねた。ランスロットは足早に出口へ急ぐ。

「樹里様、走ります。神獣を捜すことは今は無理なようです、諦めて下さい」

ふいにランスロットが呟き、廊下を走り始めた。そんなことをしたら靴音がモルガンに聞こえるのではないかと焦って止めようとしたが、見ると、足元からマントがぼろぼろと崩れ去っている。マントの効力が切れかかっているのだ。

（神様！）

ランスロットは長い間氷に閉じ込められていたとは思えない、風のような速さで出口まで走った。マントはもう背中しか隠していない。外へ出ると、樹里はランスロットの背中から下りてユーウエィンたちが待っている場所へ全速力で駆けた。

その時だ。突然視界の隅に黒い影が横切ったと思う間もなく、一頭の銀色の獣が樹里たちの前に躍り出てきた。両目を赤く光らせ、牙を剝き出しにして大きく吠える。

「クロ！」

樹里は思わず叫んでいた。目の前に現れた獣は間違いなくクロだった。

「樹里様、いけません！」

クロに駆け寄ろうとした樹里の前にランスロットが割り込んできた。次の瞬間には、クロが咆《ほう》哮《こう》を上げて樹里に襲いかかろうとしていた。ランスロットは火搔き棒でそれを遮った。クロは一旦は横に飛び退いたものの、素早い動きで樹里の衣服を鋭い爪で切り裂いてきた。

「クロ……ッ」

クロはモルガンの術に操られたまま、自我を取り戻していない。樹里はこの場でクロを取り戻すのは諦めるべきかと絶望した。

（待てよ——）

クロの攻撃を退けるランスロットを見て、樹里はハッとした。ランスロットが羽織っているマント——これには確か浄化作用があったはずだ。ランスロットを封じ込めていた氷が融けたように、クロの自我も取り戻せるのではないか——。

「ランスロット、マントを！」

樹里はランスロットの背後に回り込みながら叫んだ。もうマントは残りわずかな部分しか残っていなかった。戸惑うランスロットからそれを受け取り、樹里は拳に巻きつけた。

「来い！　クロ！」

樹里は誘《いざな》うようにランスロットの前に飛び出した。クロが猛《たけ》った声を上げ、樹里を噛み砕こうとしてくる。

「樹里様！」

ランスロットが止めようとする前に、樹里はマントを巻きつけた拳をクロの大きく開けた口の中に突っ込んだ。同時にクロの牙が手首に刺さり、強烈な痛みに襲われる。

「ランスロット、何もするな！」

ランスロットは火掻き棒でクロを突き刺そうとしたが、樹里は声を張り上げて止めた。樹里の手首に食らいついたクロは、最初いきり立ったように樹里の手首を噛んできた。けれど口の中に入れた樹里の手が唾液で湿ってきた頃、クロの目の色が変わり始めた。

「グル……」

クロの目がいつもの金色に変わると、それまで逆立っていた毛は波打ち、物騒な気配が消え去った。クロは自分が樹里を噛んでいることに気づいて、焦ったように口を離す。クロの牙が突き刺さったところから血が垂れてくる。マントはクロの口の中ですべて枯れたらしく、クロは枯れた草花を吐き出した。

「クロ、元に戻ったか！」

樹里は嬉しさのあまりクロに抱きついて目を潤ませた。クロは申し訳なさそうに樹里の手首を舐《な》める。

「何という、無茶を……」

ランスロットは呆れたようだったが、多少の傷を負ってもクロを取り戻せたなら、後悔はなかった。

「樹里様！　ランスロット卿！　早くこちらへ!!」

クロと再会の喜びを分かち合う暇はなく、荊でできた垣根の隙間からユーウエィンとマーハウスが手招いていた。ユーウエィンとマーハウスが必死に二人分の隙間を剣で開けようとしているが、荊の修復するスピードが速すぎて追いつけずにいる。

樹里は出血している手首を押さえながら、クロに飛び乗った。ランスロットに後ろに乗るよう指示する。

「クロ、頼む」

樹里が抱きつく形で跨ると、クロは瞬時に理解して勢いよく走りだした。二人分の体重を乗せるのは大変そうだったが、クロは力を振り絞って地面を蹴った。クロの身体が荊でできた垣根を飛び越える。まるで羽が生えているみたいだと樹里は感動した。

「早く、この場を去りましょう！」

樹里たちがモルガンの城から脱出すると、ユーウエィンとマーハウスは全力で駆けだした。ランスロットはクロの背から飛び降り、彼らと共に走りだす。

「ランスロット卿、よくぞご無事で」

モルガンの城が見えなくなる辺りまで来ると、ユーウエィンとマーハウスが感極まったようにランスロットに抱きついた。樹里の手首は、ユーウエィンが止血をしてくれた。樹里はクロから下りて改めてランスロットを見た。樹里を担いで走っていたので身体は平気なのだろうと勝手に思っていたが、ランスロットの身体には無数の傷があった。衣服はあちこち破れ、背中や脇腹にえぐれた痕、剝き出しの腕には打撲の痕や切り傷がたくさんある。

「ランスロット、その傷」

樹里は青ざめてランスロットを指差した。背中や脇腹の傷からは、ぽたぽたと血が流れている。気づかなかった己を悔いた。

「氷に閉じ込められていたせいでしょうか。今まで痛みはなかったのですが……」

ランスロットは傷を確認する。樹里はクロの身体も確認した。クロの身体は前より痩せていたが、どこも綺麗だった。

「ランスロット卿はどうなっていたのです?」

ユーウエィンが城で何が起きていたかを知りたがったので、樹里は簡単に説明した。妖精王からもらったマントのおかげでクロの正気も取り戻せたと分かり、ユーウエィンとマーハウスが顔を輝かせる。

「ランスロット卿のみならず、神獣まで取り戻せたのは重畳《ちょうじょう》。それにしても、ひどい傷です」

ユーウエィンが荷物から傷薬を取り出そうとしたが、樹里はそれを止めてランスロットの背中に顔を近づけた。痛々しい傷跡に自然と涙が滲み出る。その滴がランスロットの身体に落ちると、みるみるうちに傷口がふさがっていく。

「温かい……」

ランスロットは痛みが消えていくのを感じ、振り返って微笑む。

「ありがとうございます、樹里様」

「モルガンにやられたのか？　お前を氷に閉じ込めたのもモルガンか？」

ランスロットの傷を確認して樹里は顔を強張らせた。ランスロットの手首に黒い紐《ひも》のようなものが見える。何だろうと思い顔を近づけたが、今度は何も見当たらない。見間違いだったのだろうか？

「モルガンは私を意のままにしようとしましたが、私がどんな痛みにも屈しなかったので、腹を立てて氷の檻に閉じ込めたのです。さらわれてから十日くらい経ったでしょうか」

ランスロットは記憶を辿るようにこめかみに手を当てた。

「……あれから二年以上経っているのですよ」

マーハウスが目を瞠《みは》って言う。

「そんなに月日が⁉」

ランスロットは驚いて顔を歪め、ふとベルトに差していた火掻き棒を取り出した。火掻き棒はランスロットが手に取ったとたん、ぼろぼろと崩れて土の上に落ちた。

「これは……」

火掻き棒は本物ではなくて、魔術で作られたものだったのだろう。モルガンの城を出たせいで、形を失ったのだ。

「どうぞ、ランスロット卿。俺の剣でよければ」

マーハウスは腰から一本の剣を抜き、ランスロットに差し出した。ランスロットはぼろぼろになった衣服を着ているのみで、武器を携えていない。マーハウスは一振りあれば十分なのだろう。

「予備のマントを持ってきてよかった」

ユーウェインは荷物からマントを取り出した。

「すまない。少しの間借りる」

ランスロットが剣とマントを受け取ると、マーハウスが意気込んで話し始めた。

「ランスロット卿、あなたはやはり無実だったのです。アーサー王を殺したのは呪いの剣、触れると石になる恐ろしい剣だったのです」

「そうです、皆あなたの帰りを待っております。キャメロットを襲っていた魔物は消えました。今はラフラン領に生き残った者が集結しております」

ユーウェインも熱く語った。二人ともランスロットが無実だと信じていたから、こうやって本人に伝えることができて嬉しそうだ。

「魔物……？」

ランスロットは困惑して聞き返した。ランスロットは処刑の日に連れ去られたので、王都を魔物が襲っていたことを知らないのだ。ユーウェインが詳しく話しだすと、大きなショックを受けた様子で拳を震わせた。

「そのようなことになっていたとは……」

ランスロットはその場にいなかったことを恥じるように背中をわななかせた。ランスロットは拷問に耐えているような顔でうつむいている。

「私は……何という愚か者か。国が滅びかけていたというのに何もできず……、すべて私が原因だというのに……」

押し殺したような声でランスロットが吐き出した。犯人ではないと分かってもランスロットの心が晴れることはなく、逆に落ち込んでいるのがよく分かったので、樹里はあえて気づかないふりで皆の背中を押した。

「今は話している場合じゃない。先を急ごう」

モルガンがいつ樹里たちを見つけるか分からない。モルガンの魔術に対抗できる術はないのだ。妖精の剣もないし、ランスロットを守るネックレスもない。王家の守りもない。それにモルガンの言っていた『どこへ逃げようと私から逃れることなどできぬ』という言葉が気になっていた。

「そうですね。急ぎましょう。樹里様は神獣に乗って下さい」

樹里の焦りが伝わったのか、ランスロットに会えて感極まっていたユーウェインとマーハウスも来た道を急いで戻り始めた。

ともかくエウリケ山を出なければ。樹里はクロの背に乗りながら、でこぼこした岩場を下りていった。

6 赦し

Forgiveness

樹里《じゅり》たちは谷底まで一気に進んだ。幸いなことに、川の傍に残した馬がその場に留《とど》まっていた。これで明日から移動が楽になる。樹里たちは夜更け過ぎに川下まで来ると、火を熾《おこ》して残っていた食料で夕食を作った。豆のスープと干し肉という簡単なものだったが、四人と一匹で食べると思うと、ひどく美味しかった。

焚《た》き火《び》を囲みながらユーウェインはランスロットにこれまでに起きた出来事を細かく語っていた。モルガンがもたらした災厄で水が汚染されたこと、王都が荒廃していること、マーリンが魔物を退治したこと——ランスロットは自分のいない間に起きた出来事を、暗い面持ちで聞いていた。ラフラン領は妖精王が守っているので以前と変わりないと話すと、ランスロットは複雑そうな表情になった。安堵する反面、妖精王のことを考えているのだろう。妖精王はランスロットに失望したと言ったが、救出に手を貸してくれた。決して見限ったわけではないと樹里は思う。

樹里はあまり口を利《き》かず、ユーウェインとマーハウスの話に相槌《あいづち》を打つだけだった。

見張りは交代で務めることにして、ユーウェインはランスロットに休むよう促した。長い間、氷の檻《おり》に閉じ込められていたランスロットは、肉体的にも精神的にも不調を抱えているのだろう。

横になるとすぐに寝息を立て始めた。樹里も促されて久しぶりにクロに抱きついて眠ったが、二、三時間経った頃だろうか、異様な空気を感じて目が覚めた。

「ランスロット卿、大丈夫ですか⁉」

「ランスロット卿！」

横たわっているランスロットをユーウエィンとマーハウスが必死に揺さぶっている。樹里は目を擦り、何事かと身体を起こした。

「どうしたんだ⁉」

樹里が覗き込むと、苦しげに呻《うめ》いているランスロットがいた。こめかみには冷や汗が流れ、痛みに耐えるように悶《もだ》えている。樹里は驚いてランスロットの身体に触れた。その瞬間、ランスロットの首の辺りを肌を通して黒く細長いものが蠢《うごめ》くのが見えた。

「な、何だ、これ……っ」

樹里はランスロットの首を指差してユーウエィンとマーハウスを振り返った。二人とも顔を強張らせて息を呑んでいる。

「魘《うな》されているので起こそうとしたら、ランスロット卿の身体の中を奇妙なものが這い回っていたのです。これは一体、どういうことでしょう」

ユーウエィンはランスロットの鎖骨の辺りに移動した黒い奇妙なものを睨《にら》みつける。それはランスロットの肌の中を動き回っていた。長さは十センチくらいだろうか。蛇のようにうねうねと動き、そのたびにランスロットが苦痛に呻いた。覗き込んだクロが唸《うな》り声《ごえ》を上げる。

「モルガンの仕業だ……」

樹里は青ざめたランスロットの肌に触れた。おそらくこれが『どこへ逃げようと私から逃れることなどできぬ』という言葉の意味なのだ。ランスロットは目を開けると、うつろな目で苦しげな息を漏らす。

「私は……何が……」

ランスロットが目覚めると同時に、黒い小さな蛇みたいなものはすうっと消えた。衣服で隠れる場所に移動したのかもしれない。ランスロットは汗びっしょりだった。

「全身が痛い……、ばらばらになりそうだ」

ランスロットは苦痛に喘《あえ》ぎ、身を折った。我慢強いランスロットが言うのだから、相当痛むのだろう。その苦痛を取り除けないかと涙を流し、その滴をランスロットの身体に落としてみたが、ランスロットの痛みはなくならなかった。

「ランスロット卿、皮膚の下を小さな黒い蛇のようなものが動いていました。何か、心当たりは？」

ユーウエィンはランスロットの身体を検分して眉根を寄せる。

「……黒い蛇……、そういえばモルガンに痛めつけられていた時、そのようなものを飲まされた」

ランスロットが額の汗を拭《ぬぐ》って呟く。

「危険だ。取り除かないと」

マーハウスが拳を握って言った。痛みが薄らいだ頃、樹里たちはランスロットの身体に巣くう黒い蛇を捜すことにした。

「ランスロット卿、衣服を脱いでもらえますか？」

ユーウエィンの要望にランスロットが躊躇《ちゅうちょ》なく衣服を脱ぎ捨てる。たくましいランスロットの身体が剝き出しになり、樹里は何となく目を逸らした。ランスロットは平然と一糸まとわぬ姿をさらしている。ユーウエィンとマーハウスが全裸になったランスロットの身体を確認し、太ももの内側に黒い小さな蛇を見つけた。

「どうやって取り除きますか？」

ユーウエィンは黒い小さな蛇を睨みつける。

「短剣を」

ランスロットが手を差し出すと、マーハウスがナイフを手渡す。ランスロットは太ももの内側を這う黒い小さな蛇を見据え、ナイフでえぐり出そうとした。

「うっ」

樹里はとても見ていられず、顔を背けた。ランスロットは痛みに顔を歪めていたが、声は漏らさなかった。

「なんと」

ユーウエィンが驚いた声を上げ、樹里はおそるおそるランスロットの太ももの辺りに目をやった。ランスロットの太ももから血が流れていたが、肝心の黒い小さな蛇はすでに膝の下へ移動していた。

「すばしこい奴め。ランスロット卿、今度は俺が」

マーハウスがいきり立って、ナイフを構えランスロットの膝下にいる黒い小さな蛇を切り裂く。黒い小さな蛇はナイフを避けるように反対側へと回っていた。その動きの俊敏さにマーハウスが呆気にとられる。

「これは一筋縄ではいかないようだ」

ユーウエィンも試してみたが、どんなに素早くナイフで切りつけても、黒い小さな蛇は逃げてしまう。気づくとランスロットの顔は真っ白になり、足は血だらけで、樹里は悲鳴を上げて止めた。

「もうやめよう。これ以上、血を流すのは危険だ」

ランスロットの足に流れる血を見ているだけで、貧血を起こしそうだ。ランスロットは声一つ上げないが、黒い小さな蛇が動き回るとかなり痛むらしいことが見ていれば分かった。

「そうですね。別の手を考えないと」

ユーウエィンに治癒を頼まれ、樹里は涙でランスロットの怪我《けが》を治した。いくら樹里の涙に治癒能力があるとはいえ、ナイフで切りつけられるのはたまったものではない。しかし放っておけないと誰もが感じていた。この黒い小さな蛇を消し去らない限り、ランスロットは苦しみ続ける。

「どうぞ、私に構わず眠って下さい」

衣服を身にまとうと、ランスロットは申し訳なさそうに樹里に言った。ランスロットはもう眠

るのを諦《あきら》めたようだ。樹里はかける言葉が見つからず、迷った末に無言でクロにもたれかかった。

朝日が昇ると同時に樹里たちは馬で移動を開始した。樹里はクロに乗り、三人が馬に乗った。ランスロットはろくに寝ていないはずだが、一見、普段通りだった。

昼過ぎにケルト族の村の近くを通った時、ランスロットにもケルト族について話した。ジュリがいると知ると、ランスロットは案じるように樹里を見つめ、遠い目になった。もしランスロットがアーサーの命令通りケルト族の村を討伐しに行っていたら、どうなっていただろう。あの頃はすでにモルガンの魔術にかかっていたから、捕らえられてジュリの下僕にでもなっていたかもしれない。

「急ぎましょう」

ランスロットの身体のこともあるので、街道に出ると樹里たちは馬を全速力で走らせた。土《つち》埃《ぼこり》を上げてラフラン領を目指していた時だ。クロの唸り声と共に、ふっと背筋に寒気が走って、樹里は周囲を見回した。

「何かいる！」

街道の両脇には茂みが広がっているのだが、その中を駆ける獣の姿が見えた。赤く光る眼をして、どんどんこちらに迫ってくる。

「何だ、あれは！」

後方を走っていたマーハウスが面食らった声を上げる。茂みから街道に飛び出してきた獣は、見たことのないグロテスクな姿をしていた。全身は泥を被ったようにどろどろで、形は狼《おおかみ》に似ているが、赤く光る眼と大きくえぐれた口からは涎《よだれ》が垂れていた。たとえるならゾンビ犬みたいだ。

「速いぞ！」

ユーウエィンが剣を抜いて叫ぶ。獣は五頭いて、涎をまき散らしながら追いかけてくる。近づくにつれ、ひどい腐臭が辺りに漂う。

「う……っ」

猛然と馬を走らせていたランスロットが、苦しそうに身体を前に倒す。

「ランスロット、大丈夫か⁉」

ハッとして樹里がランスロットと並走すると、その首に動き回る黒い異物が見えた。例の黒い小さな蛇がランスロットを苦しめているのだ。

「このままでは追いつかれる！」

マーハウスは弓を取り出し、走りながら矢を射た。体勢が悪かったせいで獣には当たらなかったが、隊列を組んでいた獣がばらばらになった。

「ランスロット卿を狙っているぞ！」

ユーウエィンの怒鳴り声に、樹里は後方を振り返った。隊列が乱れたことで、獣の狙いがはっきりした。獣たちはランスロットを襲おうとしている。

「モルガンの使い魔か……」

苦痛に喘ぐようにランスロットが呟いた直後、先頭を走っていた獣が咆哮《ほうこう》を上げてランスロットの馬の脚に噛みついた。馬は大きくいななないて、身体を左右に振る。馬の脚が止まったことで、二頭目の獣が馬の腹に牙を立てる。ランスロットは馬から振り落とされた。

「ランスロット！」

落馬したランスロットに獣が迫って、樹里は悲鳴を上げた。けれどランスロットの足が地面についた時、目にも留まらぬスピードで剣が振りかざされた。

「ご心配なく！」

得体の知れない汚れのついた剣を構えたランスロットが、身体を起こして言う。ランスロットは獣を真っ二つにすると、集まってくる獣に剣を向けた。

（ランスロットを殺そうとしているのか？）

獣は次々とランスロットに牙を剝く。ランスロットに狙いを定め、襲いかかっているのだ。樹里はクロに目で合図すると、その背中から飛び降りた。クロは咆哮を上げて、ランスロットを襲おうとしている獣の首に噛みついた。

「ランスロット卿！」

ユーウエィンとマーハウスが下馬して駆け寄り、剣で獣を引き裂いた。ランスロットは大きく剣を引き、飛びかかってくる獣の腹を一気に突き刺す。突き刺されても、引き裂かれても、出てくるのは血ではなく、膿と泥だった。獣は生きているものではなかったのだ。

「全部仕留めたか？」

五頭の獣がすべて地面に崩れると、息を荒らげたマーハウスが言った。樹里が駆け寄ると、ランスロットが唸り声を漏らして膝をつく。ランスロットは脇腹を押さえて倒れた。

「ランスロット！」

樹里はランスロットに駆け寄った。キャメロット一の剣士であるランスロットに獣による傷はなかった。ランスロットの身体に巣くう黒い蛇が痛みを与えているのだ。ユーウエィンとマーハウスも駆け寄り、ランスロットを抱き起こす。

「樹里様……お怪我は？」

ランスロットは汗びっしょりで樹里の怪我を心配している。

「俺は大丈夫だよ！　お前のほうが大変だろ！」

人の心配をしているランスロットに腹が立ち、樹里は思わず声を荒らげてしまった。ランスロットの状態は深刻だ。

「あの獣、ランスロット卿を狙っておりましたね」

ユーウエィンがランスロットに肩を貸し、低い声で告げた。

「モルガンの放った獣だと思う。殺されても血が流れなかったし」

樹里は引き裂かれた獣を確認した。獣の腹を枝の先で広げると、中から蜘蛛《くも》みたいな虫が這い出てきた。気持ち悪くて反射的に枝で突き刺す。クロは闘いが終わると、遺骸《いがい》から放たれる異臭が嫌らしく距離を置いてこちらを見ている。

「どういうことなんだ？　魔女には俺たちの居場所が分かるのか？」

マーハウスは困惑したように呟く。

「もしかすると、ランスロット卿を苦しめる黒い蛇……これが何らかの信号を発しているのかもしれません」

ユーウエィンが考え込んで答える。樹里もそれはありうることだと思った。そうであれば獣がランスロットを狙った理由が分かる。

「やはり一刻も早くラフラン領に入るべきです。あそこなら妖精王の力が魔を退けてくれるでしょう」

苦しそうに顔を歪めているランスロットを見やり、ユーウエィンが声に力を込めた。

再び移動を始めたかったが、ランスロットが乗っていた馬は脚と腹部をやられて事切れていた。ここまでがんばってくれたのに、こんなふうに命を奪われてしまうなんて。ランスロットはユーウエィンの馬に乗って移動することになったが、負荷が大きいのでどうしても速度は落とさざるを得ない。

「日暮れまで、走り続けましょう」

ユーウエィンは厳しい声音で馬の腹を蹴った。

夜更け過ぎ、樹里たちは川の傍で夜営することにした。火を熾し、芋《いも》と豆の夕食を作った。ランスロットは少し痛みが引いたようで、ユーウエィンが「蛇を取り出す方法を試したい」という申し出に応じた。ユーウエィンは黒い蛇を膝下に誘導し、ランスロットの太ももを麻紐《あさひも》で縛りつけた。

ユーウエィンの考えはこうだ。黒い蛇を逃げられないように足の先に追いやり、血抜きの要領で取り出す。このやり方はある程度有効だった。黒い蛇は麻紐で縛り上げた上部には行くことができなくなり、足首まで動いていったからだ。

「うぐ……っ、ぐ……っ」

黒い蛇が動くたびに悶絶《もんぜつ》するランスロットを、樹里はハラハラして見ていることしかできなかった。

「ぐ……っ!! うぁあああ!!」

けれど足首まで下りてきた黒い蛇は思いもよらぬ行動に出た。黒い蛇は黒い液体を吐き出してきたのだ。それが毒だというのはすぐに分かった。ランスロットの足がみるみるうちにどす黒く変色し始めたからだ。ランスロットは痛みで意識を失い、痙攣《けいれん》し始《はじ》めた。

「まずい!」

ユーウエィンが慌てて黒い蛇にナイフを突き立てた。黒い蛇はナイフの刃を避け、どす黒い血ばかり噴き出す。ユーウエィンは唇を噛み、麻紐を解いた。これ以上続けるのはランスロットの命が危険だと判断したのだ。

「ランスロット……」

樹里は呆然として血の気を失ったランスロットを見つめた。樹里の涙が身体に落ちると、切られた部分は治ったが、黒い蛇はどこかに移動してしまった。涙のおかげで毒は薄らいだのか、ランスロットの痙攣も少しずつ治まっていく。黒い蛇を傷つけても毒を放つとすれば、どうやってランスロットを助けられるというのか。

「くそぉ！　モルガンめ！」

マーハウスは魔女モルガンへの怒りを近くの木にぶつけている。

「打つ手がない……。毒のせいで死なせてしまうことだけは避けたい。せめてランスロット卿が少しでも身体を休められるとよいのですが……」

ユーウエィンはぐったりしているランスロットの額の汗を拭い、呟いた。ランスロットは痛みで失神している。ユーウエィンの手に反応してわずかにまつげを震わせたが、目を開けることはなかった。

ユーウエィンの祈りも虚しく、敵の攻撃を知らせる異様な足音が聞こえてきた。

「昨日の獣だ！」

樹里は暗闇に赤く光る二つの眼を見つけ、声を上げた。森から昨日ランスロットを襲った獣たちが近づいてくる。マーハウスとユーウエィンは即座に弓矢を構え、間髪《かんはつ》容《い》れずに矢を放った。二頭の獣の額と首に矢が突き刺さったが、獣は狂ったような声を上げ、走り続ける。

「樹里様！　安全な場所に身を隠して！」

ユーウェインが次の矢を放ちながら叫ぶ。クロは身を低くしたと思う間もなく、唸り声を上げて獣めがけて走りだしてしまった。樹里はランスロットを振り返った。ランスロットは目を閉じたままだ。樹里は一人で逃げることはできず、ランスロットの腰から剣を引き抜き、走ってくる獣に向かって構えた。ここにいる三人の騎士には到底敵わないが、自分も闘いたかった。

「樹里様！」

飛びかかってくる獣に剣を叩きつけたマーハウスが悲鳴じみた声を上げる。樹里はランスロットに食らいつこうとする獣に剣を振り回した。樹里の剣は獣の鼻先をかすめ、興奮した獣が牙を剝き出しにして樹里に襲いかかってきた。

「クソ……ッ」

思い切り剣を振り回したが、俊敏に動く獣に傷を負わせることはできない。身体能力には自信があったのに、実戦ではこうも無能なのかと自分に怒りが湧いた。ひらりと避けた獣に剣先を突き出すと、身を低くして樹里の足に嚙みついてくる。遠くでクロが樹里の危機に気づき、慌てて駆けてくる。

「わ……っ」

足首に走った痛みに思わず剣を落とし、尻もちをついてしまった。すかさず獣が圧《の》し掛《か》かって狂暴な声を上げて樹里の咽《のど》を嚙み裂こうとする。

もう駄目だと思った瞬間、獣の腹に剣が深々と突き刺さった。驚いて剣の先を見ると、ランスロットが這うような体勢で剣を握っていた。

「樹里様！　大丈夫ですか⁉」

ユーウエィンが獣の首を刎《は》ね、クロと共に駆け寄ってくる。気づいたら二人が三頭の獣をばらばらにしていた。

「……はぁ、はぁ……樹里様」

ランスロットは剣を握る力も失われたのか、倒れた獣の前に身体を投げ出した。意識を失っていたはずのランスロットが自分を助けてくれたことに呆然としたまま、樹里はユーウエィンとマーハウスを見上げた。クロが悲しげな声を出して、樹里の足を舐《な》める。

「樹里様、足を噛まれたのですね。治せますか？」

ユーウエィンが樹里の足首から血が流れているのを見て険しい形相になる。言われなくても痛みで涙が滲《にじ》んで落ちて噛まれた箇所が治っていく。樹里は大丈夫だが、朦朧《もうろう》とした意識の中、樹里を助けたランスロットは高熱を出していた。樹里たちは急いで清潔なところに移動して、小川で布を濡らし、ランスロットの額の汗を拭った。

「また現れるなんて……。こいつら何頭いるんだ」

マーハウスは獣の死骸を見下ろし、気味悪そうに顔を顰《しか》める。昨日五頭現れ、今日は四頭現れた。連日襲われる羽目になるとは、何か対策を考えなければ。そう思ってふと獣の死骸に目をやった樹里は、死骸の裂け目から蜘蛛のような虫が這い出てくるのを目にした。

「待った、これかも！」

樹里は獣に近寄ると、手近の石を摑み、蜘蛛を思い切り潰した。黄色い液体を出して蜘蛛が死ぬ。ぽかんとするユーウエィンとマーハウスに、獣の死骸から出てくる蜘蛛を殺すように言った。訳の分からない様子ながらも二人は死骸から這い出る蜘蛛を殺す。

「もしかしたら蜘蛛を殺さない限り、再生するのかも……」

昨日一匹蜘蛛を殺したことを告げると、ユーウエィンが嫌悪するように剣の汚れを拭った。

「魔女は虫や地を這う生き物を手下にしていると聞きます。それにしても蜘蛛とは」

ユーウエィンは虫が嫌いらしく、蜘蛛の死骸から遠ざかる。

「この状態ではランスロット卿を動かせませんね。せめて朝までに熱が下がるとよいのだが。解熱薬もないし……」

マーハウスは心配そうにランスロットを見つめ、吐息をこぼした。樹里の治癒力は万能ではなく、ランスロットの熱を下げることも毒を抜くこともできなかった。

「二人とも、寝てくれ。明日は馬を走らせる役目があるだろ。俺は乗っているだけだから、今夜はランスロットを見ているよ。敵が来たらすぐ教える」

樹里は焚き火に枝を投げ入れながら、ユーウエィンとマーハウスを促した。二人はしばらく躊躇していたが、明日のことを考えて横になった。気の抜けない旅が続いているので、二人もかなり疲弊《ひへい》している。すぐに寝息が聞こえてきた。

(ともかくラフラン領に入らなければ)

樹里はランスロットの額に冷たく濡らした布を当て、ため息をこぼした。ランスロットの頬に触れると燃えるように熱い。自分の世界から持ってきた薬は、キャメロットが崩壊した時に使い切ってしまった。せめて解熱剤をとっておけばよかったと今さらながら悔やんだ。

「……アーサー……王……、申し訳……ございま……せ」

ランスロットの唇が震え、うわ言のようにその名前を繰り返す。樹里は心が引き裂かれるようにつらくなって、息を詰めた。ランスロットは苦悶の表情を浮かべている。アーサーに関する悪夢を見ているのだろうか。樹里は憐《あわ》れむようにランスロットの頬を撫でた。苦痛が薄らいだのか、薄く瞼《まぶた》が開かれたが、それはすぐに閉じられてしまった。

(アーサー、ランスロットがお前を呼んでいる。会って許してやってくれよ)

樹里は声を殺して涙を流した。どんなに会いたくてももうアーサーには会えない。こんな時にアーサーがいてくれたらと、思わずにいられなかった。アーサーは存在するだけで人を安心させた。アーサーのいない世界で生きていくことが、これほど不安なものだとは思いもしなかった。

クロが樹里を慰めるように寄り添い、濡れた頬を舐める。樹里はクロに笑みを向けた。

(アーサー、ランスロットを助けてくれよ)

樹里は涙を拭ってランスロットの看病を続けた。


翌朝、ランスロットの熱はだいぶ引いていた。目覚めたランスロットはまだ身体の怠さを感じているようだが、もう平気だと嘯《うそぶ》いた。

ランスロットは昨夜の記憶がないらしく、獣の話をすると驚いていた。意識がないまま獣を倒していたようだ。朝食の干し芋を齧《かじ》ると、出発した。食料は残りわずかしかない。今日どれだけ距離を稼げるかが重要だ。

「いい調子です」

ユーウエィンは街道を走り、明るい声で言った。山道や整地されてない土地を走るのは時間がかかるが、街道は馬も走りやすそうだった。樹里はクロの背から、時々ランスロットを乗せているマーハウスの馬を振り返った。ランスロットは痛みと熱が治まっているようで、休憩の時も落ち着いていた。

「この調子なら、明日にはラフラン領に入れるでしょう。ランスロット卿のあの黒い蛇は……妖精王に助言を求めるのが正しいかと」

ユーウエィンは樹里に顔を寄せて言った。樹里もそれ以外に方法がないように思えた。

樹里たちは日が暮れて視界が利かなくなるまで走り続けた。ランスロットの身体にいつ異変が起きるか心配していたが、その日は何事もなく終わった。

「皆、ランスロット卿の帰りを待っております。ラフラン領でモルガンを破る策を考えましょう」

夜、再び焚き火を囲んでユーウエィンが言った。ランスロットは熱も下がり、顔色もよくなっている。黒い蛇は傷つけられない限り毒は吐き出さないようだ。夕食は干し肉と森の木の実をスープにした。干し肉はこれで最後なので、明日からは自力で食料を探さなければならない。樹里はランスロットの口数が少ないことが気になった。もともとおしゃべりな人間ではないが、まとう空気が物憂げだ。体調もよくないから笑って話す気になれないのかもしれないが。

「薬草を探してきます」

食事を終えて一息ついた頃、ランスロットが松明《たいまつ》に火をつけて言った。ユーウエィンが「それなら私が」と腰を浮かしたが、「せめてそれくらい役に立ちたい」とやんわり断られた。一人で大丈夫かなと樹里も気になったが、闇夜に溶《と》けていくランスロットの存在を示すように松明の火が揺れていたので、追いかけることはしなかった。

それがおかしいなと気づいたのは松明の位置がほとんど変わらなくなった時だ。樹里は背筋がぞくりとして松明を手に立ち上がった。

「俺、ちょっとランスロットの様子を見てくる」

ユーウエィンとマーハウスが何か言う前に飛び出すと、樹里は急いで松明に向かって走った。クロもついてくる。

（あ……っ）

明かりの近くまで走った樹里は顔を強張らせて立ち止まった。火のついた松明が、地面に突き立てられていたのだ。ランスロットはここにいると思っていたが、そうじゃなかった。一瞬モルガンにさらわれたのかという考えが頭を過《よ》ぎったが、すぐに否定した。——これはランスロットの仕業だ。ランスロットは一人でどこかへ行ってしまったのだ。

「クッソ……ッ!!」

樹里は辺りをきょろきょろした。ランスロットはどこへ行ったのだろう。暗くて周囲の様子がぜんぜん分からない。

「クロ、ランスロットの後を追えるか？」

樹里は最後の頼みの綱であるクロに頼んだ。クロはすぐに地面に鼻を近づけ、くんくんと鳴らしながら森の奥へ向かう。

前日小雨が降ったのか、足元は少し湿っている。樹里は祈るような思いでクロのあとをついていった。

（あの野郎、見つけたらただじゃおかねーし！）

ランスロットの考えなど分かっている。自分がいることで樹里たちを危険にさらすわけにはいかないとか、アーサーが死んだのは自分のせいだとか、自分を責めているに違いない。モルガンの城で樹里に抗ったランスロットが、大人しくここまでついてきたことをもっと考えるべきだった。ランスロットはここまでくれば樹里たちが無事にラフラン領に戻れるだろうと考えたに違いない。

（お前はどこへ行くつもりなんだよ）

暗闇の中、ランスロットを追いながら、樹里は唇を噛んだ。

（一人になって、どうするつもりなんだよ）

答えのない相手に何度も問いかけ、樹里は地面を睨みつけた。

ランスロットの痕跡は、森の中で途切れてしまった。クロは匂いを追えなくなったらしく同じ場所でぐるぐる回り始めた。火をかざし、折れた枝や踏まれた葉がないか調べるが、闇はいっそう深まり帰り道さえ分からなかった。ランスロットは近くにいるのだろうか。それとももうずっと遠くへ？　月明かりしかない森の中は暗く不気味で足がすくむ。

「ランスロット、どこだよ⁉」

樹里はやけになって大声を上げた。返ってくる声はなく、直感を信じて進み続ける。松明の明かりは小さくなり、帰り道はクロに頼るしかない。

「ランスロット！」

樹里が怒鳴ると、ふっとランスロットの気配を感じた。確信はなかったが、近くにいる気がした。樹里の声を聞いて暗闇に身を潜めているのかもしれない。クロが追ってくることに気づいて匂いを消したとしたら、呼んでもランスロットは応《こた》えない。

(上手くいくか分かんないけど)

樹里は一つ思いついて、大きく息を吸い込んだ。

そして「うわあああ‼」と悲鳴を上げる。

「蛇が！　蛇が！　噛まれた、畜生！」

思い切り痛そうな声で叫び、地面に転がったのだ。もしランスロットがいなければ、一人で芝居をしている阿呆《あほう》な奴だが、これ以外に方法を思いつかなかった。樹里の危機に助けに来ないようなら、もうランスロットを見限るしかない、そんな思いで実行した。迫真の演技だったのか、クロがびっくりして必死に架空の蛇を捜す。

「樹里様⁉」

案の定、暗闇から茂みをかきわけてくる気配がした。樹里の居場所は地面に転がっている松明の火で分かったのだろう。地面に倒れている樹里に、ランスロットが駆け寄ってくる。

「お怪我は――」

青ざめて樹里を抱き上げようとするランスロットの腕を、樹里はがっしり摑んだ。

「お怪我はじゃねーよ‼　この野郎！　どこに行くつもりだったんだよ！」

起き上がった樹里が目を吊り上げて怒鳴ると、ランスロットが呆気にとられた様子で樹里を見返す。ピンピンしている樹里を見て、ようやく芝居だと分かったらしい。両手で顔を覆い、「樹里様……」と呻く。

「どうして追いかけてきたのですか。私のことはもう死んだものとして下さい」

ランスロットはつらそうに吐露する。

「死んでねーし！　っつうか、モルガンの城まで助けに行った俺たちの苦労は！　もうホント馬鹿！　馬鹿、馬鹿‼」

叫ぶごとに怒りが増幅し、樹里は拳でランスロットの胸をぼかぼか殴った。怒りを通り越してだんだん悲しくなってくる。

「樹里様……。私は……皆の元へ戻れません。ラフラン領に入る資格などないのです。妖精王は私に失望しているでしょう。アーサー王を見殺しにした私には、もう騎士である資格すらないのです」

ランスロットは顔を覆っていた手を外し、苦しげに吐き出した。妖精王の「ランスロットには失望した」という言葉を思い出し、樹里はランスロットと妖精王には二人にしか分からない特別な絆《きずな》が存在するのだと悟った。

「だからって逃げんのかよ！　キャメロットを見捨てて！　お前の領民を見捨てて！」

樹里はランスロットの胸ぐらを摑み、カーッとなって怒鳴った。ランスロットが顔を歪め、うつむいて唇を嚙む。

「一人で逃げて、それってただの自己満足じゃん！　悪いと思ってるなら、キャメロットを復興するとか、残っている民のために働くとか、あるだろ！　お前を信じて待ってる領民がいるんだぞ！　あいつらのことを考えろよ‼」

感情が高ぶりすぎて、樹里は荒々しい口調になった。ランスロットの生真面目さは美徳でもあるけれど、時に頑固で己に潔癖すぎて腹が立つ。

「樹里様……」

ランスロットが衝撃を受けたように声を震わせた。ランスロットの瞳が揺れて、樹里を強い眼差しで見つめる。樹里はランスロットが泣くのではないかと思った。ランスロットは喘ぐように言葉を絞り出した。

「――あなたは、私を許せるのですか？」

その一言は、樹里の胸を貫いた。

ランスロットはまっすぐに樹里を見つめている。許せるのか、とランスロットは聞いた。アーサーを死なせる羽目に陥《おちい》らせたランスロットを許せるのかと――。

あの時、ランスロットがおかしくならなければ。

あの時、ランスロットがアーサーを助けてくれれば。

あの時、ランスロットが――。

樹里は抑えていた思いが噴き出して、ランスロットの胸に拳を突き出した。樹里の力はたいしたものではなかったが、ランスロットの身体が大きく揺れる。

考えないようにしてきたことだ。ランスロットを責めることは自分を責めることになる。起きてしまったことは取り返しがつかず、過去は変えられない。そう考えるたびに、辿り着く一つの答えがある。

「アーサーは……」

樹里は自分の声が小さくなるのを厭《いと》いながら絞り出した。頬が熱くなり、涙があふれてくる。

「アーサーはランスロットを怒ってない。ランスロットを恨んでもいない。アーサーのことが好きだったから、分かるんだ。だから俺もお前を……許す。お前はつらくても、生きなきゃならないんだ……」

樹里は泣きじゃくりながら言った。肩が震えて、視界が歪んだ。嗚咽《おえつ》がこぼれて、咽がひりひりした。

「……っ」

ランスロットは息を呑み、固く目を閉じた。抑えた息から、ランスロットも泣いているのが分かった。ランスロットが苦しんでいるのは分かっていた。忠誠心の厚いランスロットはアーサーの死の責任を感じ、暗闇をさまよっている。

「……いっそ死ねと命じて下さったほうが楽でした」

ランスロットはよろめくように立ち上がり、呟いた。

「どうすればこの罪を贖《あがな》えるのか分かりませんが……あなたが生きろとおっしゃるなら、そうします。樹里様、もう逃げません」

ランスロットは樹里の濡れた手を取り、きっぱりと言い切った。やっとランスロットの心が戻ってきたと樹里は確信した。ホッとしたとたん、足元の明かりがふっと消えた。

「松明の火が消えてしまいましたね」

ランスロットは暗闇に目を凝《こ》らして困った声を出した。燃やす物を失い、松明の火が消えてしまったのだ。ユーウエィンたちがいる場所にどうやって戻ろうかと樹里は焦った。腰の辺りにクロが近づいて、つんと鼻を押しつける。

「足元にお気をつけ下さい」

ランスロットは樹里の手を握り、暗闇の中、クロを道案内にして歩きだした。クロは夜目が利くため、ゆっくりだが確かな足取りで進む。樹里は濡れた頰を擦り、黙ってランスロットに従っ

た。樹里たちを捜しにやってきたユーウエィンとマーハウスと会うまで、互いに無言のまま、夜の森を歩き続けた。

翌日、空は晴れ渡り、心地のいい風が吹いていた。樹里たちはラフラン領を目指した。途中の森でランスロットが弓矢で鳥を射貫《いぬ》き、久しぶりに焼いた肉を食べた。この世界の調味料は塩や胡椒《こしょう》くらいしかないが、塩をまぶした肉をこんがり焼いて食べると驚くくらい美味しい。

ユーウエィンもマーハウスも、昨夜のことは何も聞いてこない。ランスロットが一人で去ろうとしたことは推測しているだろうが、あえて聞くまいと決めているようだった。

「この調子なら日暮れにはラフラン領に入れますね」

ユーウエィンは安堵の息を吐いた。昨日はランスロットの身体に巣くう黒い蛇は暴れなかった。どうか今日も保《も》ってくれと願わずにはいられない。

頭上を白い鳥が飛んでいる。樹里たちの上でくるくると回転して、東のほうへ行ってしまった。どこかであの白い鳥を見たような——そう思った瞬間、後方からマーハウスの怒鳴り声がした。

「何か変なものが！」

樹里はユーウエィンにしがみつきながら振り返った。街道を走る黒い馬が見えた。泥まみれなのか、走るたびに地面に黒い塊《かたまり》をぼたぼたと落としている。目を凝らしてみると、ただの黒馬ではなく危険な馬だと分かった。両目は赤く光り、涎を垂らして蹄《ひづめ》を鳴らしている。一昨日に現れた魔物によく似ている。しかも——その馬の耳やたてがみには見覚えがあった。

「あの馬、俺たちの馬じゃないか⁉」

樹里は叫んだ。変わり果てた姿になっていたが、間違いなく共に旅をした馬だった。死んだはずが、魔物になったのか。

「ランスロット卿を狙っている！」

ユーウエィンは手綱を引いて、馬をUターンさせた。荷を載せていない魔物となった馬に追いつかれるのは時間の問題だ。鼻息荒く近づいてくる馬目がけて、ユーウエィンは弓矢を構えた。

矢はまっすぐに馬の首に突き刺さった。ふつうの馬ならそこで倒れるか戦意を喪失して逃げるものだが、魔物となった馬は首に矢が刺さった状態でどんどん近づいてくる。

「マーハウス、馬を止めろ！」

ランスロットが叫んだが、マーハウスは速度を落とさなかった。ユーウエィンとの間に話し合いが行われていたのだろう。速度を弛めることなくマーハウスは距離を空けていく。樹里とクロは二人の中間地点に立った。

「しぶとい……」

ユーウエィンは二の矢を放ち、胸の辺りに矢が突き刺さったが、魔物となった馬は走り続けている。狙いはやはりランスロットらしく、街道の脇に逸れた樹里たちには目もくれない。

「痛みを感じないのでしょうか」

矢傷を受けても動じない馬に舌打ちして、ユーウェインは再び馬を走らせた。樹里もクロと街道を駆け、今度は魔物となった馬を追いかけることになった。前方を走るランスロットは、剣を構えている。

「うわあああ！」

その時、思いがけないことが起きた。マーハウスの乗っていた馬が雷みたいなものを受けて転倒したのだ。雷というには空には雲一つないし、何よりも雷は横の茂みから発現した。マーハウスは声を上げて落馬し、ランスロットはすんでのところで飛び降りた。

「何者!?」

茂みから攻撃を受けたのは間違いない。樹里も茂みに視線を注いだ。すると、そこから地面につくほど裾の長い黒いフードつきのマントを被った人物が現れた。

「ランスロット卿、見つけたぞ……」

フードを払いのけた人物は、マーリンだった。マーハウスとランスロットは突然現れたマーリンと後方から迫ってくる魔物の馬に困惑していた。

「マーリン！」

樹里はクロの上で身を乗り出し、悲鳴じみた声を上げた。マーリンはランスロットめがけて杖を振りかざす。とたんに地面の草が筋状に焦《こ》げて、火の玉がランスロットを襲う。ランスロットは身を翻《ひるがえ》して避けたが、火の玉の勢いはすさまじかった。

「マーリンの奴！　何やってんだ！」

樹里は開いた口がふさがらなくて、早く駆けつけろとクロを急《せ》かした。マーリンはなおも杖を回し、耳をふさぎたくなるような恐ろしい声で歌っている。マーリンはランスロットを殺そうとしているのだ。その口から漏れる怒りの波動で、周囲の空気が固まっている。遅まきながら上空に飛んでいた白い鳥がマーリンの使っていた鳥だと思い出す。

「マーリン殿、おやめ下さい！」

マーハウスが駆け寄ってマーリンを押さえようとする。

「うるさい、邪魔をするな！」

苛立ったマーリンはマーハウスに杖を振りかざした。マーハウスは見えない敵に投げ飛ばされたように地面を転がる。ランスロットは追いついてきた魔物の馬に剣で応戦していた。マーリンの魔術攻撃とほぼ同時に、魔物の馬が前脚を振り上げてランスロットに襲いかかった。ランスロットはとっさに身体を回転させ、魔物の後ろに回った。

マーリンの杖から光が迸《ほとばし》り、魔物の馬に直撃する。魔物の馬の身体が紅蓮《ぐれん》の炎に包まれ、聞くに耐えないいななきが鼓膜を震わせる。

「やめろ、マーリン！」

ようやく追いついた樹里は、クロから下りるとマーリンの腕を羽交い絞めにした。呪文となる歌を唱えていたマーリンは、怒りに任せて暴れる。

「放せ！　あいつを殺すのだ！」

マーリンは樹里の声など聞こえないように、ギラギラした眼つきでランスロットを睨み、大声を上げる。ユーウエィンが樹里に加勢してマーリンの腕を掴む。

「マーリン殿、落ち着いて下さい！　ランスロット卿はアーサー王を殺していなかったのです！　すべてはクミルという男がしたことで――」

ユーウエィンは何とか事情を分かってもらおうと、マーリンに言った。けれどマーリンは憎々しげにユーウエィンを見据えて、猛然と暴れる。

「だから何だというのだ、すべてこの男が元凶だ！　もっと早くに殺しておけばよかったんだ！」

マーリンは憤怒《ふんぬ》の表情で杖を振りかざす。火の玉があちこちに飛び放たれ、樹里の髪も少し焦げ臭くなった。クロも必死に逃げ惑っている。

「ランスロット、行け！　こいつは俺たちが何とかするから！」

樹里はマーリンを見ているうちにイライラが高まってきて、怒鳴るように命じた。街道の百メートルくらい先はもうラフラン領なのだ。ともかくランスロットをラフラン領に入れたい。

「しかし……」

ランスロットは困惑した態《てい》で立ち止まる。ランスロットはマーリンを傷つけることはできない。罪悪感がある限り、ランスロットは逃げることしかできないのだ。

なおも杖を振ろうとするマーリンに腹が立って、その首に腕を巻きつけて絞め上げる。

「いいから行け！　命令だ!!」

樹里はマーリンの首にぶらさがった状態で怒鳴った。さすがに首を絞められると苦しいのか、樹里の腕を解こうとしてマーリンの攻撃が止まる。ランスロットはためらいつつも、樹里の命令に従って走りだした。

「貴様……っ、ランスロット卿の味方をするとは、貴様も仲間か！　貴様らもろとも殺してやる――」

マーリンは不快な呪歌を口にしながら、樹里の腕を摑んで背負い投げをした。樹里は地面に転がり、ユーウエィンとマーハウスがマーリンに飛びかかる。

マーリンは処刑の日以来、ランスロットを追っていた。おそらく四方に白い鳥を飛ばし、ランスロットを捜していたのだろう。マーリンが自分の命よりもアーサーを大事に思っていたことは知っているし、アーサーが亡くなってショックだったのも分かる。けれど、キャメロットが大変な時に勝手にいなくなり、生き残った人々を救おうとしなかったことには、腹が立っていた。キャメロットを襲った魔物を倒してくれたのは、別の世界のマーリンなのだ。本来なら目の前にいる男がしなければならなかったことだ。自分のことしか考えていないマーリンに、猛烈に怒りが湧いた。

アーサーが大事にしていたこの国を見捨てたマーリンに、涙が滲むほどムカついたのだ。

「お前は本当に、大馬鹿だ！」

樹里が目を潤ませて怒鳴ると、ユーウエィンとマーハウスが憐れむような表情でマーリンを押さえ込んだ。二人には樹里の気持ちが分かるのだ。共に苦しみを分かち合ったからだ。

「うるさい！　邪魔をするなと言っているだろう‼」

マーリンには樹里の言葉が届かなかった。マーリンは地面の砂を摑み、樹里たちに投げつけた。目に砂が入ってふたりが思わず手を離してしまう。その隙を狙って、マーリンがランスロットを追って駆けだす。

「マーリン、待て！」

樹里はマーリンを追った。マーリンは足元に向けて杖を振る。すると樹里たちの足元で草が急ににょきにょき伸びて、足首に絡んだ。

「いってぇ！」

雑草に足止めされて、樹里は素っ転んだ。ユーウエィンとマーハウスとクロも仲良く転がる。

「マーリン殿！」

マーハウスが足に絡んだ雑草を引きちぎり叫ぶ。樹里も急いで雑草を取り払い、マーリンを追いかけた。

前方でランスロットが立ち止まっているのが見えた。ランスロットは覚悟を決めたように立ち尽くしている。そんな無防備に立っていては、魔術の攻撃を正面から浴びてしまう。樹里は最悪のシナリオを想像して息が止まりそうだった。

「ランスロット卿、お前の身体を切り刻んでやる！」

マーリンが声を張り上げながら杖を突き出す。杖の先から火花が散って、無数の火の玉が飛び出した。ランスロットが焼かれる、と思った刹那《せつな》、火の玉が見えない壁にぶつかったみたいに宙で霧散した。

『やめよ！』

脳に直接声が響いて、樹里は空を見上げた。青い空を白い一角獣がすごい速さで降りてくる。その背に乗っているのは金の光で包まれた妖精王だった。樹里は駆け寄った。マーリンは再び杖を振り上げようとしたが、妖精王が手をかざすと、痺れたように手から杖を落とした。

「妖精王……」

ランスロットは地に降り立った一角獣を仰ぎ、かすれた声を上げて膝を折った。樹里たちも駆けつけ、膝を折る。マーリンだけが全身を震わせ、こめかみを引くつかせている。マーリンの身体は金縛りにでもあったように動けなくなっていた。

「我が領地での諍《いさか》いはやめよ」

妖精王は一角獣からひらりと降りて、静かな眼差しでマーリンを見つめた。マーリンは苦しそうに顔を歪め、妖精王とランスロットを睨みつけている。妖精王の白く長い髪が揺れ、光の粒をまとった衣がしゃらしゃらと動く。妖精王はゆっくりとマーリンに近づいた。

そして動けないマーリンの頭に手を置いた。

「う……っ」

マーリンが苦悶の表情でわななく。

「悲しみを憎しみにすり替えたか。憐れな奴よ……」

妖精王はそう呟くと、マーリンを見下ろした。妖精王の手から何かが出ているのか、マーリンが大きく震えて喘《あえ》ぐように息を吐き出した。

「やめろ！　やめろ！　やめてくれ……っ」

マーリンは恐れるように首を振り、悲痛な声を上げた。マーリンを凝視した樹里は妖精王の手から光があふれているのを知った。その光がマーリンを包むごとに、マーリンの目から涙があふれ出る。これはきっと癒しの光だ。

「私の心に入るな……、もうやめてくれ……」

マーリンの両頬を滝のように涙が流れる。マーリンは座り込むと、地面に手をついて嗚咽した。その声は聞いている樹里さえも涙ぐんでしまうような悲哀に満ちたものだった。どれくらいそうしていただろう。マーリンの涙が止まった頃、妖精王はようやくその手を外した。

「魔術師マーリン。お前の壊れた心は我が癒した」

妖精王の言葉にマーリンが顔を上げた。

「……」

樹里はマーリンを見て驚いた。その顔から先ほどまでの怒りが消えていたのだ。マーリンは気が抜けたように悄然《しょうぜん》としている。あれほど怒り狂っていたマーリンの心を癒すなんて、妖精王はすごい。

「妖精王、ありがとうございます。本当にいろいろ……助かりました！」

樹里は感謝の思いでいっぱいになり、身を乗り出した。ランスロットを助けられたのも、マーリンを助けられたのも妖精王の力あってのものだ。

「我を利用するとはたいしたものよ」

妖精王は樹里を見て微笑む。樹里は内心冷や汗を掻いた。樹里がランスロットをラフラン領に入れたかった理由――それはモルガンから逃れるためだけではなかった。ランスロットの身体には魔物が取り込まれている。妖精王は自分の領地に魔物が入ることを許さない。だから何とかしてくれるのではないかと思ったのだ。そして、妖精王は樹里の想像よりずっと早く現れた。

　こうなったらとことん助けてもらおうと、樹里はランスロットに目配せした。ランスロットの身体に巣くう魔物について聞けと合図したつもりだったが、当のランスロットは深々とうなだれるだけでしゃべろうとしない。

「あの、実はランスロットの身体に黒い蛇みたいなものが入ってて、とろうとすると毒を出すんです。モルガンの仕業らしいんですけど」

　ユーウェインとマーハウスも話そうとしないので、仕方なく樹里が説明した。妖精王はじっとランスロットを見下ろし、王都の方角を振り返った。

「――妖精の剣で刺せば、それは消えるだろう」

　再びランスロットに顔を向けると、妖精王が答える。妖精の剣――なるほど邪悪なものを撥《は》ね退《の》ける剣なら、ランスロットの黒い蛇を消せるのか。

「ただし、今のお前に妖精の剣が抜けたら――の話だが」

　ついで吐かれた妖精王の言葉に、ランスロットの身体が大きく震えた。ランスロットは唇を噛みしめ、そっと顔を上げる。

「妖精の剣が抜けなかったら――王墓を訪ねるとよい。そこで会う者がお前を助けるだろう」

妖精王に告げられ、樹里は安堵した。

「あなたの期待を裏切り、私は……」

ランスロットの声はかすれて、言葉にならなかった。妖精王は表情を変えずランスロットを見つめた。

「お前の身を守るネックレスがない今、早急に妖精の剣を身につけよ。お前の魂が汚れていくのを見るに耐えぬ。あのネックレスはお前のもの。正当な持ち主以外が持つと災いが降りかかる」

妖精王は告げた。そういえば以前、地下神殿で似たような言葉を聞いた。妖精王は樹里たちを見回すと、一角獣の首を撫でて衝撃の事実を明かした。

「アーサーは、死んではおらぬ」

妖精王の淡々とした声に、樹里たちは一瞬何を言われたか分からなかった。しかし次の刹那《せつな》、動揺して腰を浮かした。

「ほ、本当に⁉　本当に、アーサー王は生きて……っ‼」

「本当なのですか！　妖精王‼」

樹里が引っくり返った声を出したようにマーリンもランスロットも、ユーウェインもマーハウスも雄叫《おたけ》びを上げた。一転して歓喜に包まれた空気を遮ったのは、妖精王の眼差しだった。

「話を最後まで聞け。アーサーは呪いの剣で刺された。魔術師マーリンが腐らないように術をかけたのが功を奏したのだろう。石の姿のまま欠けることなく棺《ひつぎ》に収まっている。呪いの剣は時を止める剣。ふつうなら石化した部分が砕けて死に至る」

けれど、アーサーの遺体は損壊することなく存在している。早まって埋葬しなくてよかったと樹里は胸を撫で下ろした。

「では、ではアーサー王は……っ!!」

マーリンが妖精王に飛びかからん勢いでまくしたてる。

「時がくればアーサーは蘇るだろう。ただ——そなたたちが生きている間に目覚めることはない。それにわずかな衝撃でもアーサーの命は絶える。アーサーが生き返る確率は赤子の小指程度と思っておくがいい」

妖精王は樹里たちの希望をあっさりと打ち砕いた。アーサーが死んでいないと聞いた瞬間膨らんだ希望が、みるみるうちに萎《しぼ》んでいく。樹里たちが生きている間にアーサーが蘇ることはない——残酷な事実だ。

「そんな……、何か方法はないのですか？　アーサー王を蘇らせる方法が」

マーリンは必死になって問いかける。

「ない。お前たちはアーサーの遺体を損壊させることなく保存することに力を割《さ》くべきだろう。アーサーが蘇った時のためにこの国を復興させること——それがお前たちに与えられた使命ではないか」

妖精王はひらりと一角獣に乗った。マーリンはなおもすがるように手を伸ばしたが、その手は届かなかった。妖精王を乗せた一角獣がふわりと浮いたのだ。

「アーサーの子だが、生まれるにはもう少し時間がいる。この時代に生まれさせることもできるが、アーサーが蘇った時に生まれさせることも可能だ。子が生まれねば、モルガンの呪いをとくことはできないが、現状を鑑《かんが》みるにそのほうがよいかもしれぬ。そなたたちで決めよ。次、会った時に返答を聞く」

妖精王の声が耳に届いた時、妖精王の姿はもう空のかなたに消え去っていた。樹里は身じろぎもできずにいた。

アーサーのことと子どものこと——思いもよらない重大な案件に、妖精王が去ってもしばらくの間、誰も言葉を発さなかった。

7 未来への道

The Road to the Future

妖精王の光が消えてから、樹里《じゅり》は改めてマーリンを見た。マーリンはろくに食事もしていないのか最後に会った時に比べ、げっそりとやつれていた。ランスロットを殺すことだけを考えて生きてきたのだろう。立ち上がり、痩せ細った手首で衣服に着いた汚れを払うと、ぱさついた長い髪が揺れた。

「私はお前を許したわけではない」

マーリンはランスロットに向かって顎《あご》をしゃくり、ぼそりと呟いた。妖精王に癒されたといっても、マーリンの心の中にあるランスロットへの気持ちは簡単に変えられないのだろう。樹里だってその気持ちは分かる。また争う気かと身構えたが、妖精王のおかげかマーリンは杖を振りかざすことはなかった。

「お前が本来の自分を保っていればアーサー王は助かっていたはずだ……。だがモルガンの魔術の力が強力なことも分かっている」

マーリンはうつむきながら杖をしまった。ランスロットが何とも言えない表情でマーリンを見つめている。

「あなたのおっしゃる通りです、マーリン殿」

ランスロットは噛みしめるように囁《ささや》いた。

「私は自分を生涯許せないでしょう。王を守れなかった……騎士として最低です」

樹里は二人の会話に口を挟もうとしたが、くるりとマーリンが振り返って睨《にら》みつけてきたので黙り込んだ。

ユーウエィンとマーハウスは離れたところにいる馬の元に行った。幸いなことに馬は無事だ。樹里たちは二頭の馬を引きながら街道を進んだ。樹里はマーリンがいない間、王都は大変だったのだと文句を言った。ランスロットを追って方々をさまよったマーリンは、王都に起きたことをほとんど知らなかった。マーリンはひたすらランスロットを追い回していて、それ以外のことは見向きもしなかったのだ。エウリケ山にも行ったそうだが、城に入ることができなかったらしい。

「魔物が増えていることは分かっていたが……あの頃はどうでもよかった。だが、春になった頃、急に消えたのは何故だ？」

別次元のマーリンに倒してもらったと言うと、マーリンはショックを受けて立ち止まった。

「そうか……、別次元のアーサー王は生きている可能性があるのか」

マーリンの呟きに嫌なものを感じて覗き込んだ。

「まさかと思うが、生きているアーサー王の世界に行こうと考えているのではないか」

「そこまで愚かではない。アーサー王が死んではいないと聞かされた今では……。いつかアーサー王が蘇る可能性があるなら、そのためにしなければならないことがたくさんある」

マーリンは前方に目をやり、静かに答えた。マーリンが理性を取り戻し、前向きに考え始めたことを樹里は確信した。そういえばマーリンはアーサーが亡くなった時、涙を流さなかった。心が凍って何も感じなくなっていたのかもしれない。だからこそ妖精王が癒しの光を注ぎ込んだ時、マーリンは号泣したのだ。涙は頑《かたく》なな心を溶《と》かす効果がある。

「マーリン殿、あなたの帰りを心からお待ちしておりました」

ユーウエィンは微笑んで言う。マーリンはユーウエィンをちらりと見て、マーハウスに目を向けた。

「騎士はどれくらい残っている？」

「多くの者が魔物に殺されました。今は三分の一くらいしか生きておりません」

マーハウスが歩きながら報告する。マーリンは顔を引《ひ》き攣《つ》らせた。

「あの魔物にそれほどやられたのか」

マーリンは青ざめて爪を噛んだ。マーリンは少し前とは別人のように、状況を知りたがった。生き残っている者と死んだ者――罪人モルドレッドが王都の塔に未《いま》だ隔離されていると聞くと、忌々しげに舌打ちした。

「兄の代わりに弟が死ねばよかったものを」

不穏な言葉は聞かなかったことにして、樹里は「皇太后も亡くなられたよ」と言い添えた。

「グィネヴィア姫は？」

マーリンは鋭い眼光で問いかけた。

「彼女は無事だよ。ラフラン城にいる」

マーリンがグィネヴィアを気にかけるとは思わなかったので、樹里は少し疑問を抱いた。特に仲がよかったような記憶はないが。

「では現状、王家の血を引くのはグィネヴィア姫とモルドレッド王子のみということか」

マーリンの低い声音に、ユーウエィンとマーハウスが顰《しか》めっ面《つら》になった。

「アーサー王の御子が……」

「妖精王の話から察するに」

ユーウエィンが言いかけるのを、マーリンが遮った。馬がぶるると首を振る。

「お前の子は妖精王が預かっているのだな?」

マーリンに問われ、樹里は頷いた。樹里たちを守るために力を使いすぎた子どもは、妖精王が光の庭で育てると言ってくれた。マーリンは事情を知らなかったが、妖精王の言葉から瞬時にいろいろ察したようだ。

「そうか……。御子がご無事でよかった」

マーリンは安堵したように言う。マーリンの瞳にほんの少しだけ柔らかい色が戻ってきた。きっとアーサーの子どものことを考えているのだろう。マーリンはアーサーの子は蘇ったアーサーと共に生きるべしと考えているような気がした。

「王家の血を絶やすことはできぬ」

マーリンは乾いた地面を見据えて言った。樹里はどきりとして足を止めた。

「グィネヴィア姫は誰とも婚姻しておらぬのだな？」

答えに窮して樹里はユーウエィンに助けを求めた。マーリンが何を考えているのか分かったのだが、そんな繊細な問題をこんな道端で話したくなかった。

「マーリン殿、まずは生き残ったキャメロットの民と合流しましょう。魔物を倒したのはあなたということになっております。次元がどうのというのは私には分かりませんが……」

ユーウエィンはマーリンの足元を気にして馬に乗るよう勧める。マーリンの靴は破れていて、歩きづらそうだったのだ。

「そうだな、性急だったかもしれない……」

マーリンが首を振った。マーリンはユーウエィンの申し出に従い、素直に馬に乗った。マーリンは張り詰めていた糸が切れたのか、珍しくぼんやりと馬に揺られていた。ランスロットを助けに行った際に知ったいくつかの事実をマーリンに伝えたかったが、ひどく疲れた顔をしていたので今はやめておくことにした。

とにもかくにも、ランスロットを取り戻し、魔術師マーリンも戻ってきた。アーサーがいないことはどうしようもないが、元に近い形になることで何かが変わる気がした。

いや、キャメロットはきっとよくなる。アーサーのためにもよくならなければならない。樹里はそう心に念じた。

ラフラン城に戻ると、ランスロットの領民や避難してきた王都の民、とりわけ騎士たちが喝采を上げた。ランスロットの無事な姿に領民は泣いて喜び、宰相《さいしょう》のダンはマーリンに熱い抱擁《ほうよう》を交わした。

「樹里様、ありがとうございます。ランスロット様が戻ってこられて、これほど嬉しいことはありません」

ショーンは樹里に抱きつき、礼を言った。ランスロットは温かく迎え入れてくれた人々にねぎらいの言葉をかけている。ランスロットは愛されているなぁと、連れて帰れてよかったと樹里はしみじみ思った。こんなに慕ってくれる民を捨てるつもりだったのかと、後でランスロットには嫌味を言っておかねばならない。

「樹里様、お帰りなさい！」

サンは樹里の帰りを全身で表現し、一緒にいたクロに抱きついて嬉し涙をこぼした。クロも久しぶりに会ったサンの顔を長い舌で舐《な》める。

「ランスロット！」

ひらひらとドレスをなびかせて駆けてきたのはグィネヴィアだった。グィネヴィアは涙を浮かべてランスロットを抱きしめ、周囲からはやし立てられた。あの処刑の日からずっと、グィネヴィアはランスロットの身を案じていたのだ。

「今宵は祝杯を上げよう！　ランスロット卿と魔術師マーリンが戻ってきた祝いに！」

ランスロット不在の間、城を守ってきたホリーが高らかに叫んだ。その場にいた皆がいっせいに歓喜の声を上げる。皆の喜ぶ顔を見ていると樹里も嬉しくなる。暗かった彼らの心に久々に明かりが灯ったようだ。

その夜は城の広間で宴会が繰り広げられた。美味しそうな料理や酒、甘いお菓子が振る舞われる。やつれていたマーリンは食事をとって部屋で眠ってしまったが、ランスロットは引っ張りだこで夜通し飲まされていた。ラフラン領にいるおかげなのか、ランスロットの身体に巣くう魔物は鳴りを潜めている。彼らの前で暴れないことを祈るのみだ。ユーウェインとマーハウスはランスロットを助ける旅がいかに過酷だったか、やや大げさに話しては皆の賛辞を受けている。マーリンに襲われたことは上手く隠して、帰り道で偶然会ったと樹里にウインクしてみせた。

樹里は甘いお菓子を少し口にした後、部屋で休んだ。今日はいろいろあって頭も心も限界だ。今後のことを考えるのは明日にしよう。アーサーのことや子どものことなど、ダンや騎士団隊長たちに話さなければならないこともある。

樹里は久しぶりのベッドの感触に安堵し、あっという間に眠りについた。

翌日はすっかり寝坊し、昼頃サンに揺すり起こされた。

旅の途中の夢を見ていたせいで、覚醒するのに時間がかかったが、サンが持ってきてくれた水《みず》桶《おけ》の水で顔を洗い、洗濯された衣服に袖を通して気分がしゃっきりした。

部屋を出た樹里は驚いた。廊下にランスロットが立っていたのだが、凝《こ》った刺繍《ししゅう》のマントを羽織り、上等な布で作られた衣服を身にまとっていたからだ。顔も髪も綺麗で、騎士であるランスロットが戻ってきたと実感した。

「樹里様、お目覚めですか」

ランスロットは樹里を見つめ微笑むと、すっと膝を折った。

「改めて、感謝申し上げます。あなたのおかげで私は生きていられます。樹里様……私は残りの人生をあなたを守ることで過ごしたい」

ランスロットが樹里の手を取り、そっと唇を押しつけてくる。樹里は気恥ずかしくなってランスロットから手を引き抜くと、無理やり立たせて背中を押した。

「もういいって！　大げさだな！　勝手にどっか行くんじゃなけりゃそれでいいよ」

サンから今日は報告会と会議があると聞いている。急いで行こうとランスロットを急き立てた。

城の一室にはダンや騎士団隊長、大神官と神官長のホロウ、有力貴族、ユーウエィンやマーハウス、それにマーリンが集まっていた。マーリンは昨日より肌の色がよく、十分休めたことが分かった。樹里とランスロットが席に着くと、ユーウエィンが旅の報告を始めた。

ユーウエィンが途中でケルト族の村に潜り込んで得た情報に、ざわめきが生じる。ジュリがまだ生きていてケルト族の村を支配していると知り、怒りに震える者や怯《おび》える者もいた。

「何という……。どうして樹里様を使者に望んだのか、これで理由が分かりましたな。ケルト族の村に関しては今のところどうすることもできないが……」

ダンは顎鬚《あごひげ》を撫でて顔を顰めた。マーリンはある程度予測していたのか、無言だった。

「モルガンの城に入ってからのことは、樹里様が話されます」

ユーウエィンが着席して、樹里に目配せする。樹里は立ち上がり、咳払いしてから話し始めた。アーサーを殺したのはクミルだということ。クミルの両手は石化していて、左目が潰れ血が滲《にじ》んでいたこと。同じようにモルガンも左目が潰れ血を流していたこと、クミルがモルガンを「母上」と呼んでいたこと……。

「クミル……ッ、そうか、まさか」

樹里の報告に誰よりも激しく反応したのはマーリンだった。憤《いきどお》りのまま、テーブルを叩く。皆が驚いて注視すると、忌々しそうに吐き出した。

「クミルの正体が分かった。おそらくガルダが変装していたのだ」

樹里はびっくりして声も出なかった。ガルダはかつて樹里をこの世界に導き、守ってくれた男だ。あの焼けただれた顔をした男がガルダ——？

「あれがガルダ殿？　声も顔も違いましたよ。猫背だったし……とても信じられません。何より火傷《やけど》の痕は本物でした」

マーハウスが疑うように首を振った。

「おそらくモルガンによって顔を焼かれたのだ。あいつはいつも私を避けていた。正体を知られまいとしたのだろう」

マーリンの話を聞いて、クミルがホロウの従者として付き添っていた時、クロが親しげに近づいたことを思い出した。初対面の男にそんな態度を取るなんて珍しいなと思っていたので、覚えている。だが、ガルダだとしたら、納得がいく。

「うかつだった。怪しい男と思っていたが、もっと注意を払うべきだった」

マーリンが悔しげに言うと、従者にしていたホロウは身の置き所がないとばかりに縮こまった。

「妖精王が言っていたアーサー王の最期の一太刀は、モルガンの左目の怪我《けが》のことなのでしょうか」

ユーウェインが首をかしげる。樹里はマーリンや他の者に妖精王から聞いた話を伝えた。

「多分。エクスカリバーで突き刺したんじゃないかな。あれから何年も経っているのに、左目の怪我は治ってないんだ……」

クミルもモルガンも目から血を流していた。死に至る怪我ではなくても、アーサーの一撃が効いていると思うと、わずかながらも溜飲が下がる。

「それから重要な話をする」

樹里は場が静まり返ったのを確認して切り出した。マーリンやランスロット、ユーウェイン、マーハウスの顔を見て、妖精王から聞かされたアーサーが死んでいないという話をした。それは誰にとっても衝撃だったらしく、場は騒然とした。たとえ今すぐ蘇ることはなくても、アーサー王が復活するということは彼らにとって大きな希望となった。

「我々にとってこれ以上喜ばしい報告はありません。生きる目標、未来に繋がる道が示されたのですから。自分が復活を見ることができないのが残念でなりませんが」

ダンは目に涙を浮かべて微笑んだ。騎士たちも心から喜んでいるのが分かる。王家を嫌っていた大神官さえもちょっと喜んでいるのが伝わってきた。

「妖精王はアーサーの子を今の時代に生まれさせるか、それともアーサーが復活した時代に生まれさせるか俺たちに決めろと言っている」

樹里は声のトーンを落として告げた。とたんに悲鳴ともつかない声が上がる。降って湧いた究極の選択に、全員戸惑っている。樹里も妖精王から問われて以来ずっと考えているが答えは出てこない。

「私はアーサー王の復活に合わせるべきと存じます」

最初に意見を述べたのはダンだった。宰相としての意見は重要だ。

「今、キャメロット王国はガタガタです。この時代に生まれても、果たしてモルガンを倒せるのか……。言い伝えによれば生まれてくる子どもはこの国の呪いを解けるはず。もし呪いが解け、キャメロットの民が諸外国へ行けるようになったら、流出は免《まぬか》れないでしょう。残念ではありますが、今は呪いこそがこの国を救っている状態とも言えるでしょう」

ダンに言われるまでそんなふうに考えたこともなかったので目から鱗《うろこ》だった。確かに呪いが解けてもっと安全で豊かな国へ逃げたいと思えば、自由に行けてしまうのだ。モルガンの呪いがこの国を救っているなんて、ひどい皮肉だ。

「それにアーサー王が復活した時、心を慰める存在も必要ではありませんか？　知っている者が一人もいない世界に復活するアーサー王の孤独を考えると……」

ダンはつらそうに目を伏せた。樹里も考えていたことで、ダンの意見は深く心に沁《し》み込《こ》んだ。

「しかし、こんな時だからこそ、アーサー王の御子が必要なのではないか」

反対意見を述べたのは、第二騎士団隊長のバーナードだった。

「我々に必要なものは希望です。アーサー王の御子がいれば、騎士団も次期国王をお守りするためによりいっそう奮起できます。モルガンを倒すことは叶わなくとも、存在自体が必要なのです。確かに今は王都は破壊された状態だが、御子が成長する頃にはきっと復興できているはず」

バーナードは身を乗り出して反論する。

「呪いに関しては、復興するまで解かないでもらうとかできないのかね。そもそもどうやって呪いを解くかさえ分かっておらん」

大神官がつるりとした頭を撫でて言う。

「樹里様はどうお考えですか？　あなたの御子でもあるのです。今すぐ会いたいのでは？」

ユーウエィンに聞かれ、樹里は答えに窮した。

きっとふつうの母親なら今すぐ会いたいと答えるのだろう。けれど樹里にとって子どもは現実味のない存在だ。妖精王に取り出されたのも金色の光の珠《たま》だったし、実感が持てない。子育てできるのかも分からない。アーサーの子に会いたい気もするが、会うのが怖い気もする。

「俺の意見はいいよ。皆で決めてほしい」

はっきりした答えが見出せなくて、樹里は小声で言った。ユーウエィンは不満そうだが、樹里には答えが出せなかった。どっちがいいのか、本当に分からない。

「アーサー王復活の話を聞かされるまでは、我々は王都をこのラフランに移すべきなのではないかという意見に傾いていました。しかしアーサー王が復活されるなら、やはり王都復興に全力を注ぐべきでは」

「ラフランを王都にするのは私は反対だ」

ダンの発言に、マーリンはランスロットをじろりと睨んで吐き捨てた。

「何故です。ここは妖精王が治める地、王宮や神殿と同じ、いや今では王国でもっとも安全であることが証明されています。それに領主のランスロット卿も戻ってきた。ランスロット卿とグィネヴィア姫が婚姻すれば、王家も存続できる」

貴族のバトラー卿が思いついたように述べる。バトラー卿は五十代の目つきが鋭い男だ。貴族といっても華美な服装を好まない堅実な質《たち》だ。槍玉《やりだま》に挙げられたランスロットは驚いたように目を見開く。

「その場合、アーサー王の御子はどうするのか。次期国王が二人もいては、問題になる。そもそも今は国王不在なのだ、その問題も解決していない」

騎士のバーナードが不満を唱える。

「いっそ御子には今すぐ来てもらうほうがよいのでは。アーサー王の御子を国王として、大きくなるまで我々が執務を担《にな》う。たとえグィネヴィア姫が子を産もうと、血筋としては、御子が上なのですから」

様々な意見が卓上を飛び交い、樹里はどうしていいか分からず頭を悩ませた。未来が分かれば正しい選択も行えるだろうが、今の樹里たちには何も見えていない。

「マーリン殿はどうお思いか？　ラフランを王都にしたくない理由とは」

ダンはうつむき加減のマーリンに話を振った。マーリンはかすかに眉根を寄せて、考え込んだ。ランスロットを嫌っているからだと言いだしたらどうしようと、樹里は息を呑んだ。

「王都には代々の王家の墓所もあり、これまで築き上げてきた様々なシステムがある。私は王都を復興することに賛成です。しかしこれは国の命運をかける大事な選択です。我らだけで決めてよいものか。生き残った民にも意見を聞くべきでは。御子をどうするか、王都をどこにするか」

マーリンの口から思いがけない意見が出た。マーリンは民の心など気にしていないと思っていたのに。けれどマーリンの言う通りだ。民にだって言い分はある。

「それと私は明日にでも王都に向けて出発したい。アーサー王の状態を確認したいし、今の王都を見て復興が可能かどうかも判断したいのです」

マーリンの声にはかすかな苛立ちがこもっていた。妖精王の話を聞いて以来、マーリンはアーサーの遺体が損壊していないか気になって仕方ないのだ。復興に関しては二の次だろう。

「私も王都へ参りたい。私の剣は城にあると聞いております」

ランスロットが挙手して告げた。ランスロットの剣は処刑の前に取り上げられて保管庫に置かれている。妖精の剣があれば、ランスロットの身体に巣くう魔物を退治できると妖精王は言っていたが……。

「ランスロット卿が行くなら我らもお供します」

ユーウェインとマーハウスは意気込んで言った。ランスロットはラフラン領を出たらまた魔物に襲われるだろう。二人がついていくなら、安心だ。

「ではマーリン殿と一緒に王都へ行く面子《メンツ》を選びましょう。技師を二、三名同行させるべきでしょう。水関係と土木関係に詳しい者を」

ダンがてきぱきと決めていく。マーリンはランスロットたちと同行を決められて不満そうだが、口にはしなかった。

「マーリン殿の言う通り、いずれは民にもこのことは知らせるべきでしょうな。結論を出すには早すぎる」

ダンは会議をそう締めくくり、解散を知らせた。樹里は後半ほとんど発言しなかったのに、どっと疲れて肩を落とした。

「樹里様、大丈夫ですか？」

ランスロットが気遣って声をかけてくれたが、大丈夫だと答えて樹里は部屋を出た。

「お茶をお持ちしましょうか？」

サンの待っている部屋に戻り、寝室に横になると、心配そうに言われた。少し眠りたいと話し、樹里は一人にしてもらった。クロは当然のような顔をして樹里のベッドに乗り込んでくる。たくさん寝たので身体は疲れていないのだが、真剣に議論する皆を見ていて、ある考えが浮かんでしまったのだ。

――自分はこの先、どうするべきなのか。

アーサーが亡くなり、王都を魔物が襲い、ランスロットとクロを魔女モルガンにさらわれた。どうにかしようと樹里はこれまで必死だった。残った民を守り、魔物を倒した後は、ランスロットを助けにモルガンの城まで行った。そして今、心にぽっかり穴が空いている。気が抜けたというべきか、王国の未来が見えてきた今、どうするべきか分からなくなった。

(……母さんとこ、帰ろうかなぁ)

アーサーと共にこの国で生きる決意をしていたが、アーサーはいないし、子どもはいつ地上で暮らせるようになるか分からない。実際地上に戻ってきたとしても、乳が出るわけでもないし、樹里の出る幕はなさそうだ。自分がいなくてもアーサーの忘れ形見としてキャメロットの民は大事にしてくれるだろう。

樹里にはここにいてやるべきことがない気がしていた。アーサーが復活するとしても、樹里が生きている間は無理だと妖精王は言っていた。アーサーの復活が何百年か先の未来なら、今ここにいてもしょうがない。アーサーが復活しない限り、モルガンは倒せないだろうし、ということは逆に母は無事でいられるということだ。

(母さんの家族は俺だけだもんな)

そう考え始めると居ても立ってもいられなくなり、樹里はベッドから跳ね起きて部屋の隅に置いていた荷物を開いた。自分の世界から持ってきて残っているのは、ぼろぼろになったタオルや薬の空箱くらいだ。それらを全部手荷物にまとめて、決意した。

今夜、出ていこう。

自分の世界に戻ることを告げたら止められるに決まっている。だからこっそり夜中にラフラン湖へ行くしかない。

（クロの姿がこのままなのはまずいけど、ラフラン湖に入ればもしかして元の黒猫に戻るかもしれないし）

樹里はじっとクロの目を見つめ、淡い期待を抱いた。

（そうだ、俺、ホントはもっと早く帰りたかった）

帰ると決めるとそれしか考えられなくなり、樹里は手の甲で額を擦った。アーサーを喪《うしな》った時、帰れるものなら母のもとに帰りたかった。だけど魔物がいて帰ることはできなかったし、何より避難民やランスロット、クロを放ってはおけなかった。

（俺、がんばったよな。クロとランスロットを助けたし）

王妃という立場の自分が黙って出ていくことがどれほど無責任かは分かっていた。きっとサンは泣いて怒るだろう。ランスロットは……。ランスロットのことはあまり考えたくない。ダンやユーウエィン、マーハウス、苦楽を共にしたキャメロットの民、世話になったラフランの人たち。頭に彼らの顔が浮かんだが、それでも樹里は帰りたくてたまらなかった。ここは自分のいる場所ではない。これ以上ここにいても仕方ない。

帰ったらきっとは母喜んでくれる。母のびっくりした顔を思い浮かべ、樹里は他のことを考えないようにした。

夕食後、樹里は散歩に出ると言って城を出た。サンはついていくと言ったが、クロが一緒だったしラフラン領は安全だからと説き伏せた。

荷物を隠すためにフードつきのマントを羽織り、徒歩でラフラン湖を目指した。樹里の顔を知っている領民から気さくに声をかけられ、樹里は気まずい思いを抱えたままラフラン湖に立った。禁足地はラフラン湖の中央にぽっかりと浮かんでいる小さな島だ。石造りの小さな建物が建っているのがここから見える。

「樹里様、どうかなされましたか？」

船着き場にはクーパーという屈強な男がいて、ラフラン湖を眺めている樹里に声をかけてきた。

「船に乗りたいんだ。禁足地に行きたくて」

このままここからラフラン湖に飛び込むこともできるが、できれば禁足地の人目につかない場所から湖に飛び込みたかった。そもそも樹里は泳げないので、いざ飛び込むといっても心構えに時間がかかる。

「今からですか？　明かりをお持ちしますか？」

すでに日が暮れているのでクーパーは面食らっている。急ぎの用があると伝えると、小舟とカンテラを用意してくれた。クーパーは漕ぐつもりだったようだが、樹里は慌てて断った。クーパーに迷惑をかけるわけにはいかない。

「大丈夫ですか？」

おぼつかない足取りで小舟に乗り込む樹里を見かねて、クーパーがうなじを掻く。クロが飛び乗ってゆらゆら揺れる小舟に内心怯《ひる》みつつ、櫂《かい》を握って引き攣った笑みを浮かべた。

「大丈夫、大丈夫。サンキュー」

慣れない手つきで櫂を漕ぎ、樹里は岸から離れた。もう少し船の漕ぎ方を習っておくべきだった。思った方向に進めないし、時々船がくるくる回ってしまう。

「クソ、もういっそ、ここから飛び込んで……って、クーパーが見てるし！」

樹里としては今すぐ飛び込みたいくらいだったのだが、危なっかしい手つきが心配なのかいつまでたっても船着き場にクーパーがいる。禁足地の向こう側へ行けば見えなくなるはずと、樹里は必死に腕を動かした。

ふと不穏な気配を感じた。

船着き場から騒がしい声がして、振り返ると馬に乗ったランスロットが見えた。遠いので表情は分からないが、樹里の名を呼んでいるのは確かだ。

（やべぇ！　見つかった！）

ランスロットが小舟に飛び乗り、樹里を追いかけてくる。ランスロットは樹里がこの湖から自分の世界に戻れることを知っている。樹里が帰ろうとしていることを察しているに違いない。

（どどどどーしよ）

必死になって櫂を漕ぐが、ランスロットの船がどんどん迫ってくる。このままじゃ追いつかれると焦り、樹里は船の上で立ち上がった。急いで靴を脱ぎ、放り投げる。

「クロ、母さんのとこに帰るぞ！」

樹里はのんびり伏せているクロに抑えた声で言った。クロがびっくりしたように身体を起こす。ランスロットが来たら連れ戻されるに決まっている。こうなったら実力行使しかない。樹里はマントを脱いで深呼吸をした。そして、思い切ってラフラン湖に飛び込んだ。

（冷たー!!）

初夏なので大丈夫だと思っていたが、湖の水は想像以上に冷たかった。焦って息を吐き出してしまい、湖の中で両腕を掻いた。クロが大きな飛沫《ひまつ》を上げて樹里を追って飛び込んでくる。

「樹里様！」

ランスロットの声が近くから聞こえて、樹里は底へ底へと沈もうとした。ランスロット、頼むから追いかけてこないでくれ。そう願いつつ、湖の底に目を凝らした。

息が苦しい。泳ぎ方もよく分からなくて、両手両足をばたつかせる。前へ進もうとした身体が、突然後ろから引っ張られる。振り向くと、ランスロットの手が樹里の服を摑んでいた。逃げなければともがいたが、ランスロットは泳ぎが達者で、脇に腕を回されてぐいぐい水面へと引っ張られる。

「ぶはぁ……っ」

水面上に顔が出た瞬間、樹里は思い切り空気を吸った。ランスロットは樹里を抱えたまま禁足地の岸へと泳ぎだす。

「ランスロット、放せ！」

樹里は水面をばたつかせて叫んだ。振り返ったランスロットの顔がひどく怖くて、息を呑む。

「ランスロット……」

ランスロットが本気で怒っているのがひしひしと伝わってくる。樹里は観念して力を抜いた。クロは猫掻きで樹里たちのあとを泳いでくる。ランスロットは大きく水を掻きながら、禁足地である小島に樹里を運んだ。足がつく場所まで来ると、ランスロットは樹里を抱きかかえ、草むらに下ろした。樹里は全身水浸しで、草むらに尻もちをついた。岸に上がったクロが全身をぶるぶるさせて、周囲に飛沫をまき散らす。

「――ご自分の世界に戻る気だったのですか？」

ランスロットが樹里の前に立ち、低い声で問《と》い質《ただ》す。ランスロットはぐっしょり濡れたマントを脱ぎ、樹里の前に膝をついた。お互いびしょ濡れで髪や服からぼたぼた水が滴っている。樹里は無言でうつむいた。

「私には生きろと命じておきながら、あなたは消えるおつもりだったのですか！」

ランスロットが胴震いするような声を上げ、樹里はびくっと全身を震わせた。ランスロットが樹里の頬を両手で摑み、無理やり視線を合わせる。ランスロットの燃えるような瞳に浮かぶ激情に恐れを抱き、樹里は言葉を詰まらせた。

「それは……っ」

樹里はランスロットの手を振りほどこうと、身をよじった。すると強引に引き寄せられ、ランスロットの唇が樹里の唇にかぶりついてきた。驚いてランスロットの手を押し返そうとしたが、強い力で摑まれていて身じろぎもできない。

「……っ、ん、う……」

ランスロットは箍《たが》が外れたように樹里の唇を貪った。きつく吸われ、息もできないような深いキスをされる。閉じた唇をこじ開けられ、舌が潜り込んでくる。ランスロットの勢いに押されるように、樹里は草むらに押し倒されていた。ランスロットが圧《の》し掛《か》かってきて、樹里の唇をふさぐ。

「……っ、やめ……、……っ」

ランスロットの髪から滴り落ちた水が樹里の頰を濡らす。樹里は懸命にランスロットの胸を押したが、口づけは深くなる一方だった。止めないといけないと思いつつ、ランスロットの力がすごすぎて、抵抗しきれない。本当はいつでもランスロットはこんなふうに自分を扱うことができたのだと気づき、息が荒くなった。

「あなたが勝手にするなら、私も勝手にします」

ランスロットは荒ぶる心を抑えきれなくなったみたいに、樹里の服に手をかけ、引き裂いた。ショックで身をすくませると、ようやくランスロットが唇を離してくれた。

「……樹里様」

ランスロットは樹里の身体に圧し掛かったまま、樹里を見下ろした。その瞳に暗い炎を宿してれ以上ないくらい真剣で、樹里は鼓動が一気に跳ね上がった。
「本気で嫌なら、これで私を殺して下さい」
ランスロットは腰にぶらさげていた剣を取り、樹里の顔の横に置いた。ランスロットの目はこ
いることが樹里は不安だった。

「お、おい……」

ランスロットの手が樹里のズボンにかかり、無理やり引き摺り下ろされる。何をするのか分からないほど初心《うぶ》ではない。焦って逃げようとランスロットの下でもがいた。濡れたズボンは膝の辺りで留まり、剝き出しになった樹里の下腹部がさらされる。キャメロットには下着の文化がなくて、樹里もノーパン状態だったのだ。ランスロットは躊躇《ちゅうちょ》なく樹里の下腹部に顔を埋《うず》めた。

「駄目だって！　俺は——俺は」

冷えた身体にランスロットの口の熱が伝わった。ランスロットの口内に性器を含まれ、樹里は草むらの上で震えた。手を動かした瞬間、ランスロットが置いた剣に触れる。本気で嫌ならこれで殺せとランスロットは言ったが、そんなことできるわけがない。

樹里は覚えのある感覚に、腰を引き攣らせた。クロは何もしないと決めたみたいに傍で伏せっている。

「駄目……、ランスロット、駄目、だって……」

樹里は必死にランスロットの頭を押しのけた。ランスロットはキスと同じくらい激しく、樹里の性器をしゃぶりだした。アーサーが死んでから誰とも身体を重ねていなかったので、久しぶり

の口淫はくらくらするくらい気持ちよかった。ランスロットの口が熱くて、銜《くわ》えられている場所から熱が冷えた身体を浸透していく。

「はぁ……は……」

樹里は腰をひくつかせ、首を振った。ランスロットとこんな関係になってはいけないのに、抵抗できない。ランスロットは樹里の性器を銜えたまま、顔を上下に動かす。樹里の性器はとっくに勃起《ぼっき》していて、ランスロットの口から姿を現すたびに樹里に自身の欲望を見せつける。

「……う、や……、ぁ……っ」

とうとう樹里は快楽に負けて、息を喘《あえ》がせた。樹里の甘い吐息に、ランスロットの瞳がよりいっそう熱を帯びた。張った部分に舌を這わせ、先端の小さな穴を吸うようにされる。

「……っ、駄目、だ、め……っ」

ランスロットの濡れた髪を摑み、樹里は身体をくの字にした。ランスロットは樹里の性器を口から吐き出すと、強引に樹里の両脚を抱え上げた。

「わ……っ、ちょ」

ランスロットは樹里の身体を折り曲げるようにして、尻を持ち上げた。暴れる間もなく尻のはざまに吸いつかれる。

「そ、そんなとこ、やめ……っ、汚いから……っ」

両脚を抱えられた状態で尻の穴を舐められ、樹里は真っ赤になって身をよじった。ランスロットは興奮した様子で樹里の尻を食《は》む。尻の穴を丹念に舐められ、濡れた舌を穴に潜り込ませようとする。頭の芯が焼けつくように熱く、樹里は涙ぐんだ。

「ランスロット……、マジでやる気かよぉ……」

ランスロットの息遣いは獣のように速くなっている。ランスロットがどれほど興奮しているか、猛《たけ》っているか、押さえ込まれている樹里にはよく分かった。樹里の鼓動も速くなっている。勃起させられているせいだけではない。ランスロットと一線を越えることに、怯えがあった。

「樹里様……、ずっとこうしたかった」

ランスロットは熱い息を樹里の臀部《でんぶ》に吐きかけ、指先で尻の穴を広げた。内部に異物が入り込み、樹里は息を詰めた。はやる気持ちを抑えきれないように、ランスロットの指は奥へ奥へと侵入してかき乱す。

「……っ、はぁ……っ」

ランスロットの指が樹里の感じる場所を探り当てると、自然と息遣いが乱れ、足が揺れた。あがくようにランスロットの身体を押しのけようとしたが、両脚の自由を奪われてたいした抵抗にならない。ランスロットは樹里の抵抗を封じるように、入れた指で樹里の弱い部分を弄《いじ》りだした。

「……ひ、あ……っ、……っ」

久しぶりの感覚は強烈で、奥を擦られるたびに腰が蕩《とろ》けていくようだった。感じている声を出したくなくて自分の口を手でふさぐ。

「私を刺さないのですか」

ランスロットは強引に二本目の指を内部に入れ、内壁をかきながら囁いた。樹里はランスロットと目を合わせるのが怖くて、顔を逸らしていた。ランスロットの指が性感帯を刺激するたびに、腰がびくびくと跳ねる。

「樹里様……、私を軽蔑しているでしょうね。きっとあの時、私は地に堕《お》ちたのです」

ランスロットの指が尻から抜かれたと思う間もなく、樹里の性器に手が絡み、激しく扱《しご》かれた。すでに自分の身体は熱くなっていて、ランスロットの手に促されるように射精してしまった。

「ひ……っ、は……っ、はぁ……っ」

ランスロットの手に精液を吐き出し、樹里は押さえつけられた体勢のまま、肩を上下させた。息が荒くなり、目がチカチカする。精液を出してもすっきりせず、ランスロットの指で弄られた内部が疼《うず》いている。

「俺は……、俺は……」

樹里は忙《せわ》しい息遣いを厭《いと》いながら唇を噛んだ。ランスロットは精液を樹里の尻の穴に塗りたくった。再び濡れた指が入ってきて内部をぐちゃぐちゃとかき混ぜると、背筋が仰《の》け反《ぞ》るほど強い快感が走る。

「嫌……、やだ、ランスロット……、……っ、あ……っ」

アーサー以外の男に感じている自分が嫌で、樹里は身悶《みもだ》えた。ランスロットの興奮がさらに高まり、指が根元まで埋め込まれる。指じゃ届かない奥への刺激が欲しくなり、樹里はそんな自分の浅ましさに涙が出た。

「私はアーサー王からあなたを奪う」

ランスロットはそう言うと、押さえつけていた樹里の身体を放した。そして濡れた衣服を脱ぎ始めた。樹里は力の入らない身体で草むらを這った。けれどたいして距離をかせげないうちにランスロットに捕まり、後ろから抱きしめられた。

「や、あ……っ」

尻の穴にランスロットの硬くなった性器が押しつけられる。樹里は怯えるように前のめりになった。ランスロットは先端を手で押し込み、樹里の腰を引き寄せた。

「あ、あ、あ……っ、う、そ……っ、駄目」

ずぶずぶとランスロットの性器が内部に押し込まれていく。アーサーとは形が違う、熱くて大きなものが、樹里を求めて奥へと入ってくる。気持ちのいい場所を硬いモノで擦られ、樹里は生理的な涙を滲ませた。

「ひ、ああ、あ……っ‼」

ランスロットの先端がもっとも弱い場所をぐりっと擦ると、急速に身体が熱くなって、全身がわななないた。ランスロットは獣じみた息遣いで、樹里を抱きしめ、濡れた衣服ごと揺さぶり始める。

「樹里様……っ、あなたの中は蕩けるようだ……、このまま死んでもいいくらいに」

ランスロットは樹里の腰を抱え、快楽に抗えなくなったように激しく律動した。男の性器で犯される感覚は大きくて、樹里は草むらに四つん這いになって息を喘がせた。

「駄目、だ、め……っ、ま……っ、ああ……っ」

男を受け入れるのは久しぶりで、かすかに痛みを感じた。けれどランスロットは樹里の声など聞こえないように激しく揺さぶってくる。内部が蕩けそうに熱くなり、樹里は草むらに肘をついて甲高い声を上げた。

「やぁ……っ、あ……っ、や……っ」

樹里の甲高い声が響くと、ランスロットはさらに奥へと性器を突き立ててくる。腰が熱くて、全身がひくついて、触られていないというのに乳首が尖《とが》っている。性器は濡れていて、全身が熱を帯びる。内部に銜え込んだランスロットの性器が膨れ上がり、熱い液体が注ぎ込まれた。

「はぁ……っ、はぁ……っ、……っ」

ランスロットはあっという間に中で達すると、胸を喘がせて呼吸を繰り返した。ランスロットが性器を引き抜くと、尻の穴から太ももへと液体が伝った。樹里は濡れた目尻を拭《ぬぐ》った。

「樹里様……、もっと」

ランスロットは情欲に濡れた目で、樹里の身体を仰向けにさせた。目が合うと、ランスロットの息が詰まるのが分かった。ランスロットは樹里の足からズボンを強引に引き抜くと、両脚を大きく広げた。

「嘘、や、ぁ……っ」

ランスロットは再び樹里の尻に性器を押し当て、猛ったものを押し込んできた。さっき達したばかりなのに、ランスロットの性器はまた張り詰めている。まだ柔らかかった内部に性器を押し込まれ、樹里は悶えて首を振った。

「もっとください、あなたを……」

ランスロットはそう言ってかろうじて腕にかかっていた樹里の引き裂かれた衣服を破り去った。ランスロットの指が剥き出しになった乳首に絡む。

「あ、あ……っ、ん、あ……っ」

両方の乳首を摘まれ、繋がった部分を軽く揺さぶられると、甘ったるい声がこぼれてしまった。ランスロットの濡れた瞳が樹里を熱く見つめてきて、恥ずかしくて耳まで熱くなる。

「ここが感じるのですか……、教えて下さい、あなたの好きな場所を……」

ランスロットが試すように乳首を指先で弾く。その刺激がダイレクトに腰に響き、樹里はびくっ、びくっと身体を痙攣《けいれん》させた。性器からはとろとろと汁がこぼれている。正面から抱かれては隠すこともできない。

「あなたをもっと知りたい……、樹里様」

ランスロットの大きな手が胸元を撫で回す。指先が乳首に引っかかり、小さな声が漏れる。声を殺そうと手で覆うと、ランスロットが屈《かが》み込《こ》んできて手を剝がされる。

「樹里様、あなたが好きなのです」

ランスロットの強い視線に射貫《いぬ》かれて、樹里は胸が痛くなった。

「愛しているのです」

なおも樹里を揺さぶる言葉を投げかけ、ランスロットが唇をふさいだ。ランスロットのキスに応《こた》えるつもりはなくても、強引に舌を入れられると追い出そうとした舌と絡み合ってしまう。ランスロットの吐息は熱く、触れる身体はどこもかしこも燃えるようだ。互いに濡れていた身体が、今は熱に浮かされている。

「ランスロット……」

一度吐精したせいか、今度はゆっくりとした動きで腰を小刻みに動かし始めた。唇を吸われ、指先で乳首を弄られ、しだいに樹里の息が詰まっていく。

「あ……っ、ん……っ、ま、待って、駄目……っ」

互いの唾液で口元が濡れてきて、樹里は厭うように顔を背けた。するとランスロットは樹里の首に唇を寄せ、あちこちをきつく吸い上げる。吸われるたびにぞくぞくっとした快感が背中を走り、繋がった部分に力が入る。気持ちよくて甘い声がひっきりなしにこぼれていくのが分かり、樹里はぽろぽろと涙をこぼした。

「樹里様……愛しています」

ランスロットが樹里の目尻からこぼれる涙を舌ですくい、耳朶《じだ》に唇を寄せて熱っぽい声で囁く。ふいに奥をぐっと突き上げられ、樹里は背筋を仰け反らせた。

「ひあああ……っ!!」

感度が高まっていたせいで、気づいたらランスロットの腹に精液を吐き出していた。銜えた部分をきつく締めあげ、脳天まで突き抜けるような快楽に四肢を突っぱねる。ランスロットがハッとしたように動きを止め、どろどろとした液体を吐き出す樹里の性器に触れる。触れただけで身体が大きく跳ねる。

「中で達したのですか……」

ランスロットの指が樹里の性器からこぼれる精液を胸元へ引き伸ばしていく。樹里はイったばかりではぁはぁと息を喘がせていて、ランスロットのぬるついた指で乳首を弾かれただけで、びくんと痙攣した。

「み、見ないで……」

自分の身体がいかに淫乱か知られた気がして、樹里は腕で顔を覆った。その腕をやんわり解かれ、ランスロットが草むらに押しつける。ランスロットはどこか苦しそうに樹里を見つめていた。

「あなたを抱けば自分のものにできるような気がしていました。けれど……こうして抱いても、あなたの中にはアーサー王がいる……。胸が苦しい……、どうすればあなたは私のものになってくれるのか」

ランスロットは額を寄せて、切ない声で呟いた。樹里は何も言えなくて、浅い息をこぼしていた。唇が近づいて、樹里の唇が吸われる。ランスロットは樹里に圧し掛かるようにして深い口づけを繰り返した。

「ん……っ、う、あ……っ」

樹里の唇を濡らしながら、ランスロットが腰を揺らす。太くて硬いモノが小刻みに動いて奥へ奥へと突いてくる。ランスロットの動き一つで樹里の身体は大きく揺れた。日はとっくに暮れて、月の明かりしか辺りを照らすものはない。暗闇で身体を繋いでいる自分たちは獣のようだと樹里は思った。

「樹里様……、はぁ……、は……」

ランスロットはキスを続けながら、腰を回すように動かす。樹里は切れ切れに喘ぎ、腰を震わせた。押さえていた樹里の手を放し、ランスロットは上半身を起こして腰を抱え直した。限界が近いのだろう。樹里の腰を高く掲げると、激しく突き上げてくる。

「はぁ……っ、あ……っ、……っ、ひ、あ……っ」

内部に残っていた精液が泡立つほどに奥を突かれ、樹里はあられもない声を上げた。ぐちゅぐちゅという卑猥《ひわい》な音が耳を刺激する。ランスロットは樹里の足を大きく広げ、さらに奥へと性器を突き立ててくる。

「こんな深い場所まで入るのですね……、とても気持ちいい……」

ランスロットの性器が根元まで入ると、信じられないくらい深い奥まで犯されて、樹里は悲鳴じみた嬌声《きょうせい》を上げた。

「や、あ、あ……っ、駄目、そこ……っ、こ、わい……っ」

ランスロットの性器は長くて、腹を突き破ってくるのではないかとさえ思えた。張った部分でぐりぐりと深い奥を擦られ、大きく仰け反る。

「や、だ……っ、あ、ああ……っ、駄目……っ」

怖いくらいの快楽に襲われ、樹里は腰を引くようにした。するとランスロットが樹里の腰を引き戻し、余計に奥を突き立てられる。

「はぁ……っ、はぁ……っ、樹里様……っ」

ランスロットの息遣いも荒々しくなり、強く腰を打ちつけるようにする。樹里は甲高い声を上げ、痙攣した。精液は出ていなかったが、立て続けに絶頂に達せさせられたような感覚だった。全身が甘く蕩け、身体の芯から熱くなっている。

「やぁ……っ、あ……っ、や、だ……っ、ランスロット、やめ、て……っ」

泣きながら口走ったが、ランスロットの動きを激しくしただけだった。突き上げられるたびに身体から力が抜けて、甘ったるい声がこぼれる。やがてランスロットの動きがピークになると、樹里は言葉にならない声を上げて身体を跳ね上げた。

「ひあああ……っ!!」

ランスロットが息を詰め、一瞬樹里を強く抱きしめる。次の瞬間には奥に精液が注ぎ込まれた。

「く、は……っ、はぁ……っ、はぁ……っ」

ランスロットは溜めていた息を大きく吐き出し、数度腰を振った。繋がった場所にじわっと熱いものが広がっていく。樹里は胸を震わせ、痙攣していた。胸も唇も指先も震えていて、ランスロットが動くたびに、ひくひくする。

「樹里様……、樹里様……」

ランスロットは樹里に口づけ、大きな手で髪を撫で回した。しばらくしてようやく樹里の息遣いが落ち着くと、ゆっくり腰を引き抜く。樹里はぐったりして草むらに身を投げ出した。これだけすればもう終わりにしてくれるだろうと思い、忘我の状態でランスロットを見上げる。

ランスロットは息を整えると裸のまま樹里を抱き上げた。樹里は全身に力が入らなくて、されるがままだった。

　樹里を抱えたランスロットが向かったのは、浮島にある神具や式典の道具を収めた建物だった。前に一度来たことがあるが、本来なら大神官が許可した者しか入れない場所だ。ランスロットはひとまず樹里を下ろすと火打石で松明《たいまつ》に火をつけた。ランスロットは片方の手に火のついた松明を持ち、肩に樹里を担《かつ》ぐと、建物の扉を押し開けて中に入った。今夜はこの建物で過ごす気か。

　坑道のような道を進み、奥にある黒い大きな木の扉をランスロットが開ける。クロはランスロットのあとをのっそりとついてくる。

「……」

　中は十畳程度の湿った部屋で、神具や様々な行事に使う用具が並べられている。ランスロットは壁の松明に火を移すと、敷布の上に樹里を下ろした。松明の明かりの下で、自分のどろどろに汚れた姿が恥ずかしくなり樹里は身体を丸めた。尻からランスロットの精液が漏れてくるのが嫌で、泣きそうな顔で腰をもじつかせる。

「樹里様」

　ランスロットは樹里の前に跪《ひざまず》くと、樹里の膝に唇を寄せた。片方の足を持ち上げられ、唇がふくらはぎを伝い、汚れた爪先に移る。

「やめろよ、汚いよ……」

　樹里は靴を履いていなかったので、足が汚れている。草むらで犯されたから、背中や髪も汚れている。それなのにランスロットは気にせず、樹里の足の指を口に含んだ。舌先で嬲《なぶ》られて、ランスロットがまだぜんぜん欲望を満たしていないことが分かった。

「ランスロット、もう帰ろ……、俺を怒ってるのは分かったから……」

ランスロットの口から足を引き離し、樹里は怯えた声で言った。ランスロットはじっと樹里を見つめ、無言で樹里の両脚を広げる。ランスロットが内ももに唇を寄せ、音を立てて肌をきつく吸い上げた。先ほどまでの余韻が十分残っていて、樹里は息を詰めた。樹里の白い肌にランスロットの残した痕が転々と散っていく。

「あ……明日、王都に行くんだろ……」

ランスロットの愛撫が徐々に上がってくるのを見て、樹里は情けない声を出した。

「王都には行きません」

ランスロットは暗い声で呟いた。びっくりして樹里は目を見開いた。

「行っても無駄だからです。今の私に妖精の剣は抜けない。今の私は醜い欲望の塊《かたまり》だ」

かすれた声でランスロットが言い、樹里は言葉を失った。本気で言っているのだろうか。あの高潔で騎士の誉れと言われたランスロットが、妖精王に妖精の剣を授かったランスロットが――。

「……俺のせい？」

樹里は声を震わせた。ランスロットは翡翠色《ひすいいろ》の美しい瞳を樹里に向け、唇をふさいできた。ランスロットの激しいキスに押されて、樹里は敷布の上に横たわった。

「あなたのせいではありません。私があなたを愛してしまったから……、この想いをどうしても断ちきれなかったから……」

ランスロットは樹里の首筋をきつく吸い、乳首を指先で引っ張った。ランスロットの唇が鎖骨から乳首に移動し、激しく舐《ねぶ》られる。両方の乳首を唾液でぬめらすと、ランスロットは樹里の尻の穴に指を差し込んだ。

「何度も頭の中であなたを抱いた」

樹里の乳首を甘く齧《かじ》り、ランスロットが囁いた。樹里は耳まで赤くなり、顔を背けた。ランスロットを受け入れた場所は淫らな音を立てている。まだ柔らかくて、ランスロットの太い指を何本も呑み込む。

「いけないと思いつつ、私はあなたを組み敷くことを夢想した。騎士としてあるまじき卑劣さと分かっていながら——現実はまったく違う。本物のあなたは私の想像よりはるかに甘く、そして……残酷です」

ランスロットはそう言うと、いきり立った性器を樹里の尻の中に埋め込んできた。片方の足を持ち上げられ、浅い部分を擦ってくる。ランスロットはいつまで樹里を拘束するつもりだろう。この欲望には果てがない。

樹里は優しく揺さぶられながら、呻《うめ》き声《ごえ》をこぼした。


肌寒さを感じてうっすら目を開けると、暗い部屋にいた。樹里はぼうっとしたまま視界に入る神具や式典の道具を見つめた。身体の奥に何か挟まっているような感じがして身じろぐと、ぴったりとくっつくようにして背後から抱かれているのが分かった。

「ん……っ」

覚醒したとたん、奥に甘い刺激が起こって、樹里は鼻にかかった声を漏らした。昨夜自分の世界に戻ろうとしてラフラン湖に飛び込んだ後、ランスロットに連れ戻され、犯されたことを思い出した。しかも信じられないことに、樹里の尻にまだランスロットの性器が入っている。

「う、ん……っ」

動くと奥が刺激されて、甘い声が出てしまう。樹里はなるべくゆっくりとランスロットの性器を引き抜こうと腰を動かした。

昨夜は建物の中に入った後も際限なく求められた。疲れて何度目かの吐精で眠ってしまったのだろう。ランスロットの腕が腰に回っていて、気づかれないように抜き出せるか心配だ。そう思ったとたん、いきなり腰をぐっと突き上げられた。

「ひ、あ……っ」

ぞくぞくっと背中を快感が走って、甲高い声がこぼれ出た。ランスロットも目覚めたのか、腰に回っていた手が乳首をぎゅっと引っ張り上げる。

「ランスロット、も、もう……、やめて」

樹里が敷布の上で起き上がろうとすると、許さないとばかりにランスロットに引き戻された。横抱きにされたまま、腰を揺さぶられる。ランスロットが動くたびに、濡れた音がする。昨夜何度も出されたせいだ。

「分かっています。ですが、もう一度だけ……」

樹里の首筋に顔を寄せ、ランスロットが囁く。樹里は乱れた息を吐き、観念したように力を抜いた。ランスロットは強引に樹里の顔を後ろに向かせると、貪るように口づけてきた。

「ん、ん……っ、は、ぁ……っ」

乳首を弄られながら奥を律動されると、どうしようもなく気持ちよくて、樹里は閉じていた口を開いた。ランスロットの舌が口内を探り、唾液が交わり合う。ランスロットの性器が内部で大きくなり、無意識のうちに繋がった部分に力が入る。

「ん……」

ランスロットが気持ちよさそうに目を閉じ、樹里の肩口に歯を当てる。大きな手で乳首を撫でられ、樹里は浅く息を吐き出した。

「あ……っ、は……っ、はぁ……っ」

徐々にランスロットの腰のスライドが深くなり、樹里の息も詰まっていく。快楽の前では何も考えられなくて、与えられる感覚に引き摺られる。ランスロットが腰を深く穿《うが》ってくる。樹里は時おり、室内に響き渡る声を上げた。

「ランスロット、ま……って、あ……っ、あ……っ、ん……っ、う、あ……っ」

ランスロットの腰の律動が速まると、樹里は悶えるように胸を押し返した。ランスロットはやおら上半身を起こすと、樹里の深い部分をえぐるようにして蹂躙《じゅうりん》する。昨夜何度も抱かれたせいか、感度が異常に高まっていて、樹里は甘い声をこぼすだけだった。

「はぁ……っ、はぁ……っ、樹里様、ずっとこうしていたい」

樹里の背中を押さえつけ、ランスロットが容赦なく奥を突き上げる。樹里は敷布を乱し、喘ぎながら生理的な涙をこぼした。

ランスロットは樹里を惜しむように、長く内部をかき乱した。気づいたら樹里は白濁した液体を敷布に垂らしていて、いつ達したか分からないほどだった。互いの乱れた声が室内を満たし、最後には樹里の背中に大量の精液が吐き出された。

この建物で、昔ランスロットと淫らな行為をしたことを思い出した。あの時から、こんな日がくることを予感していた気がする。

脳を狂わせる淫らな空気が充満している。樹里は今ここから逃れなければならない一心で、

「城に戻る……」と呟いた。

ランスロットは息が整うと、じっと樹里を見つめた後、黙って部屋を出ていった。しばらくして戻ってきた時は、衣服と水の入った桶を持ってきた。ランスロットは水で濡らした布で樹里の身体の汚れを拭おうとしたが、断った。ランスロットに触れられると、ずっとセックスを繰り返してしまいそうな気がしたのだ。

「その服……どうしたの」

ランスロットが身づくろいを済ませている間、樹里は目の前に置かれた服が気になって問いかけた。樹里が着ていた服は昨夜ランスロットが破ってしまったのだ。

「クーパーに命じました」

ランスロットは何でもないことのように告げる。

「クーパー⁉　み、見られたのかよ⁉」

びっくりして樹里が大声を上げると、不思議そうな顔でランスロットがマントを羽織る。

「それが何か？」

ランスロットには樹里が何故焦っているのか分からないらしい。樹里はひたすら青くなったり赤くなったりしながら身体の汚れをごしごし拭《ふ》いた。ランスロットが離れたすきに中に出された精液を掻き出したが、奥のほうにどうしても残ってしまう。それでなくとも全身からランスロットの匂いがしている気がして、どうごまかせばいいのか分からない。

どうにか身を清め、用意された服を着ると、樹里はよろよろした足取りでランスロットと共に建物を出た。クロは樹里の身体を支えるように脇にぴったり寄り添って歩いている。外に出ると日はとっくに真上に昇っていて、先ほどまでの隠微な空気とは別世界だ。

船着き場にはクーパーが用意してくれたという船があった。樹里が昨夜置き去りにした小舟は湖に浮かんでいない。きっとクーパーが片づけてくれたのだろう。樹里はランスロットに促されてクロと共に船に乗り込むと、悄然《しょうぜん》と膝を抱えた。

「……ランスロット、本当に王都に行かないのか」

ランスロットが慣れた手つきで櫂を漕ぐ中、樹里は問うた。

「樹里様、私はあなたをあなたの世界に帰すつもりはありません」

ランスロットは樹里の質問に答えず、きっぱりとそう言い、見つめてきた。樹里は顔を上げると言葉に詰まってそっぽを向いた。ランスロットと目が合うと、嫌でも抱かれた記憶が蘇ってくる。激しい荒波に押し流されるようなセックスだった。

「俺は……」

ここですることがもうないとか、向こうの世界には一人きりの家族である母が待っているとか、言い訳じみた答えが頭に浮かんだ。けれどそれを言おうとして、言葉を呑み込んだ。

――本当は分かっている。ここから去ろうとした、本当の理由は……。

「ああなるのが嫌で、帰りたかったんだ……」

樹里はぼそりと正直な気持ちを口にした。

ランスロットの自分に対する想いはずっと前から知っていた。樹里だってランスロットのことを好ましく思っていた。大切な仲間だし、幸せになってほしいと願っていた。だが、その相手が自分であってはならない。何よりアーサーを裏切るような真似をしたくなかったし、ランスロットの相手が自分ではお互いに幸せになれるはずがないと悟っていた。

このままここにずっといたら、いずれランスロットの想いに流されてしまう。そんな予感がしたから、帰ろうとした。実際、抱かれてみたら、ランスロットは苦しそうだった。

「何故ですか？　私はあなたを愛している。あなた以外は望んでいない、どうしてあなたは私の想いに応えて下さらないのですか！」

船を漕ぐ手を止め、ランスロットが強い視線で樹里を貫いてきた。その視線の強さに怯んで、樹里はぶるぶるっと首を横に振った。

「俺はアーサーと結婚までしたんだぞ！　アーサーが死んだからお前ってわけにはいかない！　そもそも俺は男なんて……、ていうかお前を助けたことで責任は果たした！　もう好きにさせろよ！」

樹里は癇癪《かんしゃく》を起こしたように顔を真っ赤にして怒鳴った。心がぐちゃぐちゃに乱れていたのもあって、もう一度飛び込もうかと腰を浮かせた。

「だったら何故私を助けたのです⁉　いっそ、氷漬けのまま放っておいてほしかった、あなたが私を助けなければ、私は――」

ランスロットが樹里の腕を掴み、ぐいっと引き寄せる。腰を浮かせていた樹里は船が大きく揺れ、反射的にランスロットの腕に抱きついた。船がぐらぐらと揺れる。水面は静かな光を湛《たた》えていて、じっとしているとしだいに揺れが収まっていく。樹里はランスロットに抱きしめられ、頬を紅潮させた。

ランスロットの懐《ふところ》は温かく、腕には力が込められている。抱きしめられたことでランスロットの鼓動が速くなっているのが布越しに伝わってきた。

「――ラフラン湖に、見張りを立てます」

ランスロットの声音はひどく硬いものだった。えっ、と樹里が顔を上げると、ランスロットが真剣な顔をしている。

「あなたが勝手なことをしないよう、城の者にも見張らせます。私はあなたを帰すつもりはない。

いや、絶対に帰しません」

見たことのないような厳しい顔つきで言われ、樹里は固まった。向こう岸からクーパーの声が聞こえるまで、樹里は呆然としていた。

ランスロットは樹里を腕から解放すると、再び船を漕ぎ始めた。樹里は混乱したまま、大人しく船に揺られた。船着き場ではサンが手を振って待っていた。昨夜帰らなかったのを心配したのだろう。今のを見られただろうかと馬鹿みたいに気になり、樹里は船の隅で膝を抱えた。

「樹里様、昨夜は――」

船から下りるとサンが何か言いかけたが、樹里とランスロットを代わる代わる見て、ぽっと顔を赤らめた。完全にばれてる。もしかして匂うのだろうかと、樹里は焦って視線をさまよわせた。クーパーが何か言ったのかもしれない。

気まずい沈黙のまま馬が繋がれている場所まで行くと、二頭の葦毛《あしげ》の馬が駆けてくる。ユーウェインとマーハウスだ。

「ランスロット卿！」

ユーウェインは目の前まで来ると、険しい様子で馬から下りた。

「王都に行くのをやめるというのは本当ですか！　一体、何故――」

ユーウェインはランスロットの背後にいた樹里に気づき、目を丸くする。

「ランスロット卿、王都に行く件ですが――」

続いて馬から下りたマーハウスが、ユーウェインと同じく樹里を見て言葉を止める。そして照れたように笑った。

「何だ、そういうわけですか」

マーハウスは一目で樹里たちに起きた出来事を見抜き、にやにやしている。逆にユーウエィンは難しい形相になり、ランスロットに詰め寄った。

「ランスロット卿、分かっておられるのですか。樹里様は王妃という立場にあられる――」

ユーウエィンに迫られ、ランスロットは一歩も引かず見つめ返した。

「分かっている。これは私の一方的な想いだ」

真面目に言い合っている彼らに置いてきぼりにされた気分で、樹里は拳を握った。王妃云々よりも、そんなに一目で分かるほど、自分たちは妖《あや》しい空気を漂わせているのかと気になる。

「樹里様、その、目立つのでこれを……」

サンが腰に巻いていた布を樹里の首に巻きつけてくる。その時初めて、自分の首や鎖骨にランスロットが残した痕がいくつもあることに気づいた。クーパーが用意した服は襟が大きく開いていて、一目瞭然《いちもくりょうぜん》だったのだ。

「うぐぐ……早く言ってくれ……」

樹里は耳まで熱くなり、サンから借りた布をぐるぐる首に巻きつけた。誰にも知られたくなかったのに早々に知られてしまった。何を言っても言い訳にしか聞こえない気がして結局黙り込む。

「樹里様、馬に」

ランスロットが樹里に向かって手を差し出してくる。

「俺、歩く」

せめてもの抵抗と樹里が尖った声でそっぽを向くと、苛立ったような気配が漂った次の瞬間にはランスロットに担ぎ上げられていた。

「何すんだよ！」

慌てて暴れようとした時には馬の背に乗せられていた。気のせいか、昨夜からランスロットは自分に対して容赦がなくなった。思いやりが消え、強引になっている。樹里の身体を包み込むようにしてランスロットが後ろに乗り、手綱を握る。

「サン殿はどうします？」

ユーウェインが声をかける。サンはクロに乗って城に戻ることになった。馬に揺られながらもランスロットの体温が気になって仕方ない。昨夜の過ちは一度のこととして、もう二度としてはいけないと自分を戒めた。ランスロットをどうにか説き伏せて王都に行かせ、その間に自分の世界に帰ろう。それが一番いいのだ。

「実は王都行きはしばらく遅らせることになったのです。マーリン殿が熱を出して倒れてしまいまして。張り詰めていた気が弛んだのでしょう。マーリン殿の回復を待って出発することになりました」

馬を歩かせながらユーウェインが語る。マーリンが倒れたなんて心配だ。ランスロットは一刻も早く妖精の剣を身につけたほうがいい。妖精王にそう言われたことを忘れたのだろうか。

「私が王都に行く時は、樹里様も連れていく」

ふいに背後からそんな声がして、樹里はあんぐり口を開けた。

「何言ってんだよ、俺は王都に行く気は……」

「樹里様が行かないなら私も行きません」

ランスロットは断固とした口調で言い切った。樹里は顔を引き攣らせて、マーハウスに助けを求めた。

「まぁ確かに、ここにいたほうが安全ですよね。我々が妖精の剣を持ってくればよいことですし。野暮は申しません」

樹里の目配せに気づかなかったのか、マーハウスが明るく言い放つ。

「今は片時も離れていたくないだろうしなぁ」

「マーハウス、これはそんな簡単な問題ではないのだ。言葉を慎め」

マーハウスを叱責するようにユーウエィンが口を挟む。

「あ、あのなぁ、俺たちは……っ」

きっちりと言っておかねばと口を開きかけた時、樹里の視界に赤いひらひらしたドレスが映って口をつぐんだ。城門に、グィネヴィアが立っていた。侍女と共に、苛立ったそぶりでこちらを見ている。

嫌な予感がして樹里は首に巻いた布を手で押さえた。グィネヴィアにだけは知られたくない。

「ランスロット！」

馬から下りた樹里たちのもとにグィネヴィアが近づいてくる。樹里は視線を合わせないように、そろそろとランスロットから離れた。

「昨夜はどこへ行っていたの⁉　私が呼んだというのに！　まさか神の子と一緒だったなどと言わないでしょうね⁉」

グィネヴィアの金切り声が響いて、樹里は冷や汗を掻いた。きっとランスロットは上手くかわしてくれるはずと願いながら、そっと横目で見る。

「姫、私はもうあなたの命令は聞きません。あなたと婚姻するつもりもありません。私が愛しているのは樹里様だけです」

これ以上ないくらいはっきりとランスロットが宣言する。とたんにグィネヴィアの殺気を感じ、樹里は身をすくめた。そちらを見なくてもグィネヴィアが恐ろしい目で睨んでいるのが分かる。

樹里は罵られるのを覚悟して身構えた。けれどグィネヴィアは無言のまま身を翻《ひるがえ》した。ふだんは優雅なグィネヴィアが足音を立てて立ち去る。何も言わなかったことが余計に恐ろしかった。

グィネヴィアはランスロットが好きだ。この二年の間、グィネヴィアに言い寄る男性は何人もいたのに、ひたすらランスロットが帰ってくるのを待っていたのだ。

「大丈夫だろうか」

ユーウェインが心配そうに呟く。樹里はこの先に待っている未来が明るいものとは到底思えず、憂鬱《ゆううつ》になった。

8　傷

Injury

　左目がじくじくと痛みだし、モルガンは鏡を覗き込んだ。

　大きな丸鏡には美しい顔の女性が映っている。切れ長の瞳、高い鼻、流麗な眉、ほっそりした顎《あご》——その整った顔の中で唯一、左目だけが異様だった。モルガンの左目は赤く光り、絶えず血を流しているのだ。

（おのれ……、アーサー……）

　左目が痛むたびにアーサー・ペンドラゴンの最期の一突きを思い出す。息子であるガルダの身体を操り、呪いの剣でアーサーを仕留めたまではよかった。しかしそのあとアーサーは信じられない力で、モルガンの目を魔法の剣で潰した。遠隔でガルダを操っていたにも拘《かかわ》らず、モルガンの左目は魔法の剣によって機能を失った。

　思い返すたびにはらわたが煮えくり返る。しかもこの傷はどんな魔術によっても回復しない。あれから二年以上の月日が経っているというのに、未《いま》だに左目からは血が流れ続けている。

「母上……、ランスロット卿はラフラン領に入ったようです」

　暗かった室内に光が差し込み、ガルダがおどおどした態度で入ってきた。二番目の息子であるガルダは顔が焼けただれている。その左目からもモルガンと同じように血が滲《にじ》み出《で》ていた。

処刑寸前のランスロットを王都から奪い去り、自分のものにしようとしたが、頑固で潔癖なランスロットを意のままにすることはできなかった。ふつうの人間ならば魔術でモルガンを愛させることができるのに、さすが妖精王が見込んだ男だけあって、ランスロットにはどうしても侵せない清らかな部分があった。

ランスロットは樹里《じゅり》を一途《いちず》に愛している。忌々しいことに、その気持ちだけはどうやっても消し去ることができなかった。それならば使い道ができるまで氷漬けにしようとしたのが、そもそもの間違いだった。まさかあの氷を融《と》かし、この城から逃げ去るとは。

（私の城の中で起きた異変をどうして気づけなかったのだろう？　妖精王の仕業か……？）

逃げられたことは腹立たしかったが、ランスロットの体内には毒蛇を仕込んである。あれがある限り、ランスロットは脅威ではない。

「問題はやはり妖精王か……」

モルガンは左目の血を拭《ぬぐ》い、憎々しげに呟いた。

「この王国を陰で支え続けた聖なる存在……、あいつさえいなければキャメロット王国はもっと早く私のものになっていたのに」

妖精王はいつもモルガンの邪魔をする。妖精王の身でありながら、人間に対して情愛を持っている。モルガンが放った魔物がラフラン領を襲えなかったことが、キャメロット王国を完全に自分のものにできなかった敗因だ。邪魔な男だ。どうにかしてその存在を消し去れないものか。

「ラフラン領を穢《けが》すには、人間を使うしかない……」

彼《か》の地《ち》が汚れれば、妖精王とて手を引くしかなくなる。妖精王がこの国を陰から支え続けていた理由は、ラフラン領に妖精が棲《す》んでいたからだ。妖精が棲めないほど汚れた地になれば、妖精王は大義名分を失い、地上に降りてくることはなくなる。モルガンは妖精王の苦しむ姿を想像して愉悦に浸った。いつも涼しげな顔をしているあの男を地に引き摺り下ろすことができれば、どれほど心地よいだろう。

「どうするのですか?」

ガルダが恐ろしそうに聞く。

「これをケルト族の村にいるジュリに届けなさい」

モルガンは半年かけて作り出したものをガルダに見せた。木箱の中にはうじゃうじゃと黒い蜘《く》蛛《も》が蠢《うごめ》いている。ガルダは怯《おび》えてなかなか手を出さない。

「これをケルト族の村人の身体に埋め込むのです。そうすれば我らの思うままに動きだす。ケルト族の男たちにラフラン領を攻めさせましょう。戦が起きればラフラン領は血で汚れる。内部から崩壊してくれるというわけです」

モルガンはうっとりとした目で蜘蛛を見つめた。

「ラフラン領が落ちれば、キャメロット王国全体が闇に包まれる。そのあとで人間どもに神殿や王宮を破壊させれば、私にとってこれ以上棲み心地のよい場所はないというくらいに善き場所となることでしょう」

モルガンは抑えきれない笑みを浮かべた。

王都はすでに荒廃した。残りはラフラン領だ。ラフラン領を血で汚せば、この国は完全に私のものになる。モルガンは木箱の中で共食いを始めた蜘蛛を指先で摘み上げた。

「もっと美味しいご馳走を用意してあげる」

長い脚をばたつかせる蜘蛛を見つめ、モルガンは暗闇に嗤《わら》い声《ごえ》を響かせた。

POSTSCRIPT

HANA YAKOU

こんにちは&はじめまして。夜光花です。

この本は『少年は神の子を宿す』から派生したアーサーのいない世界の話です。『少年は神』シリーズから読んでいただけると分かりやすいかと思います。本編がトゥルーエンドならこちらは裏ルート的な。ランスロットが主役の話を書きたかったのですが、樹里以外が相手だと何か違うと思ったので、こういう形になりました。オッケーくれた編集部様、本当にありがとうございます。

書く前はアーサーがいなければ樹里はランスロットとくっつくだろうと安易に考えていたのですが、そんな簡単な話ではなかったですね！　というわけで少し続きます。一冊じゃ終わらなかった。三冊で終わる予定です。何といってもアーサーがいないと場が暗いのなんのって、モルガンとか絶対勝てないって

夜光花　URL　http://yakouka.blog.so-net.ne.jp/
ヨルヒカルハナ：夜光花公式サイト

感じだし、この時点じゃまだジュリも生きてるじゃん、八方ふさがりだよと書き始めて呆然としました。おまけにマーリンは絶望してるし、と、暗い感じで始まったランスロット編ですが、次から明るくする予定なんでついてきてほしいです。

　イラストは引き続き奈良千春先生が描いてくれました。表紙のランスロットが本当にすごくて、内容越えちゃってます。痺れる。いつもありがとうございます。奈良先生のランスロットはかっこよすぎて、奈良先生の描く長髪キャラには毎回萌えさせてもらっています。次回も期待しています。

　編集様、懐の広さに感謝です。どうぞよろしくお願いします。読んでくれる皆様、また次回の本でお会いしましょう！

夜光花

このたびは小社の作品をお買い上げくださり、誠にありがとうございます。
この作品に関するご意見・ご感想をぜひお寄せください。
今後の参考にさせていただきます。。
http://www.bs-garden.com/enquete_form/

SHY NOVELS

騎士の誓い

SHY NOVELS350

夜光花 著

HANA YAKOU

ファンレターの宛先
〒101-0065 東京都千代田区西神田3-3-9大洋ビル3F
(株)大洋図書 SHY NOVELS編集部
「夜光花先生」「奈良千春先生」係
皆様のお便りをお待ちしております。

初版第一刷2018年10月4日

発行者	山田章博
発行所	株式会社大洋図書 〒101-0065 東京都千代田区西神田3-3-9大洋ビル 電話 03-3263-2424(代表) 〒101-0065 東京都千代田区西神田3-3-9大洋ビル3F 電話 03-3556-1352(編集)
イラスト	奈良千春
デザイン	Plumage Design Office
カラー印刷	大日本印刷株式会社
本文印刷	株式会社暁印刷
製本	株式会社暁印刷

ISBN978-4-8130-1318-1